吉林省社会科学基金项目成果，吉林财经大学资助

石黑一雄小说的身体叙事研究

李欣泽◎著

吉林大学出版社

·长春·

图书在版编目（CIP）数据

石黑一雄小说的身体叙事研究 / 李欣泽著. -- 长春: 吉林大学出版社, 2023.11
ISBN 978-7-5768-2757-6

Ⅰ.①石… Ⅱ.①李… Ⅲ.①小说研究-英国-现代 Ⅳ.①I561.074

中国国家版本馆CIP数据核字(2023)第242297号

书　　　名：石黑一雄小说的身体叙事研究
SHIHEI YIXIONG XIAOSHUO DE SHENTI XUSHI YANJIU

作　　　者：李欣泽
策划编辑：黄国彬
责任编辑：张维波
责任校对：赫　瑶
装帧设计：刘　丹
出版发行：吉林大学出版社
社　　　址：长春市人民大街4059号
邮政编码：130021
发行电话：0431-89580036/58
网　　　址：http://www.jlup.com.cn
电子邮箱：jldxcbs@sina.com
印　　　刷：天津鑫恒彩印刷有限公司
开　　　本：787mm×1092mm　　1/16
印　　　张：9.5
字　　　数：200千字
版　　　次：2025年3月　第1版
印　　　次：2025年3月　第1次
书　　　号：ISBN 978-7-5768-2757-6
定　　　价：68.00元

版权所有　翻印必究

目录 CONTENTS

第一章　石黑一雄小说及身体叙事 …… 1
第一节　本书的研究背景及内容 …… 1
一、研究缘起 …… 3
二、研究内容 …… 4
第二节　身体理论梳理 …… 6
一、哲学史上的身体 …… 6
二、艺术史中的身体 …… 14
第三节　文学中的身体叙事 …… 22
一、概述 …… 22
二、文学史中的身体 …… 25
第四节　石黑一雄小说研究综述 …… 39
一、国外对石黑一雄的研究 …… 40
二、国内对石黑一雄的研究 …… 43

第二章　身体的边界与身份的建构 …… 48
第一节　感官经验与身体感知 …… 48
一、感知边界：作为客体的身体 …… 50
二、先验观念：价值感受的肉体 …… 54
第二节　身份认同与自我建构 …… 57
一、真实的存在：身体特征的感知趋同 …… 57

二、身体的隐喻：《远山淡影》中的记忆自我……………… 61

第三章　"浮世"的在场与驯顺的身体……………………………… 65
　第一节　主体身体的"浮世"表征 ………………………………… 65
　　一、身体焦虑：情感、地位与关系………………………………… 65
　　二、身体困境：道德冲突与自我选择……………………………… 73
　第二节　意向身体的历史语境 ……………………………………… 77
　　一、身体障碍：战争的现实书写…………………………………… 77
　　二、身体优化：社会的涉身规训…………………………………… 85

第四章　文化身体的文学表达……………………………………… 96
　第一节　他者建构的异化自我 ……………………………………… 97
　　一、逃离范式：后人类身体的困境………………………………… 100
　　二、虚妄的自我：身体与言语……………………………………… 106
　第二节　文化背景与身体叙事 ……………………………………… 118
　　一、文化身体：记忆的场所与传统………………………………… 118
　　二、身体的叙事技巧………………………………………………… 128

第五章　结语………………………………………………………… 133

参考文献……………………………………………………………… 136
　　一、中文文献………………………………………………………… 136
　　二、外文文献………………………………………………………… 142

第一章　石黑一雄小说及身体叙事

第一节　本书的研究背景及内容

　　后经济发展时代，欧美国家政治动荡，疫情疾病突发，以资本主义为基础的西方话语模式陷入了自我质疑和外界审视的双重困境。在这个背景下，文学及其理论开始进行重构和反思，作家和批评家们试图在杂乱的秩序中寻找新的答案，希望新生代能够从文学中找到路径，认识到身体作为自我本原的重要性，并理解身体与世界之间的耦合关系，学会面对无助时的精神迷惘和困惑。本书将帮助读者理解"身体"是怎样演变成意义生成的场所，肉体、情感和精神是如何建构的，以及身体的变化与小说创作的一般规律有着怎样的内在关联。

　　本著作以石黑一雄小说中的身体叙事为研究对象，将其置于当代文学和社会思潮的背景之中，探索身体在文学创作中的角色、表达方式以及其作用和重要意义，从而更加全面地认识人类存在的复杂性和多样性。石黑一雄是一位引人注目的作家，他的作品深入探索了权力、身体、社会、记忆、战争、空间等之间的复杂关系，引发了有关身体在文学创作中作用和意义的讨论。

　　首先，本书将回顾并分析后现代社会中身体的转变。在赛博格之后的时代，身体是否为城市的一部分？精神和灵魂是否仍存在于世界某个角落？在混乱的现实语境中，身体在社会范式和权力关系中的地位是怎样的？身体上明显的特征是如何被保留和强调，又是如何在遇到他者时形成新的共同体，寻找自身在社会中的定位并建立动态的平衡关系的？

其次，本书旨在探讨身体在当代社会和文学中的重要性，以及身体与个体、集体、权力和文化之间的关系。通过对石黑一雄小说作品的分析和解读，从身体叙事角度，展示个体在当今社会中的存在和困境，读者能够更好地理解当今社会中身体与自我、他者和世界的交织关系，以及面对精神困惑和迷茫时如何寻求解脱和认知的路径，揭示身体在艺术中真实的思维和精神立场，为理解人类存在的复杂性提供新的视角，并在当今社会的思考和实践中发现新的可能性。

再次，本书将借鉴当代文学理论和相关研究成果，引入后现代主义、身体政治、身体美学等理论框架，深挖石黑一雄作品中身体的多重意义和象征。通过跨文化的身体视角，比较石黑一雄小说与其他文学作品、文化传统之间的联系与差异，探讨身体在不同文化背景下的叙事方式和意义，以及身体在全球化时代的流动性和转化。本书将总结和归纳研究成果，提出对于石黑一雄小说及身体叙事研究的未来展望，进一步探索身体在文学和社会中的重要性，把握身体在当代文学中的意义，以期为文学研究者、批评家、学者和对当代社会及文化感兴趣的读者提供有价值的参考和启发。

最后，本书的完成离不开多位学者、评论家和石黑一雄作品研究者的共同努力和支持，他们的深入研究和学术见解为本书提供了宝贵的素材和观点，在此对他们表示衷心感谢。同时要感谢石黑一雄先生对文学和身体叙事的独特贡献，他的作品激发了学者对于身体存在和经验的深刻思考。作为初入门径的文学研究者，笔者将继续发掘身体的独特力量和影响，以及身体叙事对于个体和社会意义的重构。希望本书能够为石黑一雄作品及身体研究领域做出一些贡献，为读者带来新的认知和理解，并为学术界提供深入思考和启示。

一、研究缘起

石黑一雄（Kazuo Lshiguro，1954—），日裔英国小说家，诺贝尔文学奖（2017）、布克奖（1989）获得者。其作品的思想内核是对人类主体的发掘和表现，作者对记忆、历史等的关注展现了其对未来人类发展的担忧。小说创作离不开人物书写，"身体"在石黑一雄小说中扮演着重要的角色。他作品中有关身体的问题，关乎人类的生存和发展，关注"人"的问题。本书以石黑一雄小说的身体叙事为主要研究对象，重点引述他的长篇小说，探讨作为性别的代表、民族或者死亡的象征、欲望客体的身体，在叙事话语、人物的情感投射以及语境中所承载的文化力量，阐释身体书写和人类的自我塑造在当代英国文学中的群体表征。

其作品涵盖情感、欲望、民族、死亡、性别、命运等诸多话题，作为能指符号的身体，也是指意活动的媒介，却未见有相关学者对石黑一雄作品的身体叙事有深入探究。如从身体角度探索文本内部的叙事机制，对身体政治、文本中身体的文学喻指予以深入挖掘，对文本中身体符号进行解码，从身体维度呈现作者的潜意识，探讨小说中身体概念的生成和演化规律，挖掘小说叙事内在性的平面，探索身体、符号、情感、意向之间的新的联系，从而聚焦人类身体的模糊边界对"我是谁"的问题投射等，揭示后现代叙事艺术中对"人"的文学表现演变，从而阐释身体书写和人类的自我塑造在当代英国文学中的群体表征。国内外学者对石黑一雄的研究暂未从身体理论和相关视角深入，本书拟从石黑一雄作品的身体叙事展开，解读意识内涵，探索生命复杂性。

本书以石黑一雄的小说为切入点，探讨人类何以为人（what makes us human）的身体叙事研究，试图从自我而非他者角度探求内在本源。方法上是以结构主义下的文本细读为基础，从身体叙事角度对"人"进行探究，本质关注的还是人的问题。20世纪初有关石黑一雄小说的研究多为专题性论著，涵盖霸权主义、全球化语境下的世界主题等，主要涉及阶级道德、种族、国家等宏观议题。近期多以具体问题为核心选取不同作家的作品与其进行横向比对从而阐释议题，如娜塔丽（Natalie）的《反对救赎：从纳博科夫和石黑一雄以及赛巴尔德小说中的未来阻碍》（2016）从殖民视角探讨了作家摒弃民族归属的世界趋势等。[①]本阶段的议题主要涉及：牺牲和权力、记忆和身份、世界认知、后人类视角、新文学类型等。

国内文学理论对"身体"的关注不多，且未形成有深度且系统化的理论依据，对"身体"的研究也多从绘画、雕塑等载体展开，相关内容多见于美学理论。国外对身体的关注，从肉身的"万恶之源"和身心二元论，到尼采（Nietzsche）的"一切从身体出发"，将身体置于第一位；再到庞蒂（Ponty）身体学的生命权力概念，身体一度开始跃至理论的前台，进入文学的视野。自德勒兹（Deleuze）结合的马克思（Marx）劳动生产和佛洛伊德（Freud）的驱动力理论后，外国学界对身体的理论理解便更加多元化。

中国知网上关于石黑一雄小说的相关话题，多见于国际化写作、移民语境、人性异化、克隆人伦理、人物身份认同、创伤叙事、诗学对话等，侧重于从后殖民、文化研究、社会霸权建构等方面诠释作品。相关研究从记忆书写、隐喻、创伤等角度进行探究，未见与身体叙事相关的研究。国内外学者主要是从外部分析石黑一雄的作品，鲜有从内部视角，即作品本身去论证人的本质及自我认知的。而身体作为产生和刻写意义的场域，促成了故事的发展和完成。因此，我认为该视角可以作为有关石黑一雄作品研究的选题切入点。

二、研究内容

本书认为创作活动是以身体叙事为基础发展而来的，小说的构成离不开

[①] NATALIE REITANO. Against redemption: Interrupting the future in the fiction of Vladimir Nabokov, Kazuo Ishiguro and WG Sebald[D]. New York: City University of New York, 2006.

人物的构造，建构人物的前提是身体描写，不论是人物特征、肢体动作，还是思考过程、心理活动，都离不开身体。因此，研究将从身体角度出发探索文本内部的叙事机制，通过对石黑一雄作品中的文化、权力和身体之间关系的诠释，更加系统、全面地揭示石黑一雄在后现代叙事艺术中对英国传统小说的继承与发展，合理定位当代移民作家在英语文学史的地位及作品归类。与此同时，以石黑一雄作品为当代英国移民作家作品的典型代表，解释"身体"的内涵和外延、表现方式、社会意义等，建构身体研究的基本概念与批评方法，归纳以身体为考察核心的小说新维度以及文学语义，为研究移民文学、英国现当代文学、跨语言作家写作等提供身体视角解读。

在第一章中，本书将探讨身体叙事与日本作家石黑一雄的关系。首先，梳理相关的身体理论，包括身体的概念、身体与意识的关系以及身体在文学中的重要性。其次，探讨文学作品中身体叙事的形式和功能，以及石黑一雄作品中身体叙事的特点和价值。最后，进行石黑一雄小说研究的综述，回顾他对身体叙事的贡献和对文学领域的影响。

在第二章中，关注身体的边界与身份建构之间的关系。首先，探讨感官经验和身体感知对身体边界的影响，包括身体作为客体的感知边界和身体作为主体的先验观念。其次，讨论身份认同和自我建构与身体特征的感知趋同的关联，探究真实存在与身体隐喻在身份建构中的作用。

第三章将着重探讨主体身体在"浮世"中的表征以及驯顺的身体。首先，探究主体身体在"浮世"中的表现，包括身体焦虑对情感、地位和关系的影响。其次，探讨主体身体面临的困境，包括道德冲突和自我选择，以揭示身体在面对种种困境时的应对方式。最后，探究意向身体在历史语境中的存在，包括身体障碍与战争现实的书写以及身体优化与社会涉身规训的关系。

在第四章中，探讨文化身体在文学中的表达方式。首先，研究他者建构对异化自我的影响，包括后人类身体面临的困境和逃离范式的尝试。其次，探讨身体与言语之间的关系，揭示身体如何虚妄地与言语相互作用。最后，关注文化背景对身体叙事的影响，包括身体作为记忆场所和传统的体现，以及身体的叙事技巧，探讨文化对身体叙事的塑造和影响，以及身体如何通过叙事技巧传达文化的内涵和价值观。

第二节　身体理论梳理

一、哲学史上的身体

自柏拉图（Plato）以来，西方传统树立了身心二元论的观念，将身体视为灵魂的附庸。基督教也将身体看作是灵魂通往救赎之路的障碍。这种身心二元的对立在笛卡尔（Descartes）那里达到巅峰，将身体降格为躯体。然而，到了19世纪末20世纪初，战争对人类文明和身体造成了毁灭性的影响，尼采试图颠覆身心二元论的传统观念，宣布上帝已死，并提出真正改变人类力量的是权力意志。他将身体从被贬低的躯体地位提升到权力意志的载体，并引发了20世纪西方哲学朝向具身认知（Embodied Cognition）的转变。法国哲学家梅洛-庞蒂（Merleau Ponty）的身体现象学巩固了具身认知在哲学中的地位，打破了身体与心灵、自我与世界之间的二元对立关系，推翻了西方传统的镜像认识论。因此，身体与心灵融为一体，不再有主体和客体之分。在哲学领域转向具身认知之后，20世纪现代主义文学也受到了重要的影响。

在笛卡尔的哲学中，主体和客体的二分法达到了顶峰。他将"我思"作为唯一的主体，将"我思"之外的世界视为客体。这导致身体的地位不断被贬低。在笛卡尔所建立的主体性哲学中，心灵不再与心有关联，成为纯粹的灵魂；身体不再与身有关联，成为纯粹的物体或躯体。[①]笛卡尔的观点将身

[①] 笛卡尔.第一哲学沉思集[M].庞景仁,译.北京：商务印书馆，1986：85-88.

体降格为纯粹物质的躯体，导致灵魂的追求失去了具体的实现场域，使得灵魂与身体之间的距离越来越遥远。直到19—20世纪，世界经历了战争和工业化的冲击，英雄主义受到了质疑，个体的身体变成了工厂中快速运转的"零件"，人们才逐渐意识到对遥远灵魂的追寻并不能减轻现实世界中身体所遭受的苦难。对身体的鄙夷和轻视反而加重了人类的物化程度。

根据18世纪的欧洲神学概念，世间万物是自上帝而下的一条存在锁链（Great Chain of Being），天使、人类、动物、植物、矿物等都是锁链的一环，且不能随意更替或移动，否则将会违反天意、破坏宇宙秩序。在这个划分中，灵魂（spirit）是高于物质的，而人类处于两者之间。但是人既是有限的肉身，也是灵魂的体现，在这样的切割划分中，灵魂和肉身的纠结变成了道德的约束，灵魂更高尚，就像天使是完全以灵魂存在的，也更接近于上帝，即绝对的完美（ultimate perfection）。

具身认知是指认知过程受到身体的影响，并且超越了大脑的作用。这个概念由埃莉诺·罗施（Eleanor Rosch）、埃文·汤普森（Evan Thompson）和瓦雷拉·弗朗西斯科（Varela Francisco）等认知科学、哲学和心理学家提出。他们认为认知依赖于具备各种感觉和运动能力的身体经验，并且这些独立的感觉和运动能力根植于更广泛的生物学、心理学和文化语境中。其核心主张是人体的运动系统会影响人类的认知。它的概念在哲学领域的探讨可以追溯到康德（Kant），他认为灵魂通过身体传达对世界的看法，并且身体的物质性质对灵魂的思考能力产生了限制。然而，直到尼采，身体的地位才真正受到重视。尼采批判柏拉图将身体置于被批判和唾弃的地位，并将其视为西方文明衰落的原因。他强调权力意志源自身体，批判理性对身体的贬低和排斥，主张我们身体中有一个强有力的发号施令者，那就是我们自己，我们的思想和感觉背后存在着这个发号施令者。

尼采的观点为后来的哲学家和学者提供了启示，如弗洛伊德、萨特（Sartre）、德勒兹、梅洛-庞蒂、罗兰·巴特（Rdand Barthes）、福柯

（Foucault）、巴赫金（Bakhtin）等。这些思想家对身体的地位和作用进行了深入研究。西方哲学的身体转向也引发了学者对身体叙事的挖掘，20世纪的西方文学中出现了身体转向的潮流，这主要受到现象学运动的影响。现象学运动开启了现代西方哲学的肉身化趋势，激发了具身认知理论的形成。梅洛-庞蒂的身体现象学认为世界就是我们的身体，他重新思考了以反思为基础的哲学传统，并强调身体在认知中扮演着关键角色，身体是重新定义主体、客体、存在和本质的手段。身心二元论的传统因此逐渐被颠覆，尤其是自现象学开始蓬勃发展以来，西方哲学和文论呈现出了具身认知的形态。具身认知意味着身体与认知过程不可分割，人的思维、知觉和情感是与身体相互交织的。它打破了西方传统中身心二元对立的观念，主张外界事物与身体形成互动和相互关照的关系。具身认知认为人们通过自身的身体来体验和认知外部世界，认识是从身体出发形成的。

法国哲学家梅洛-庞蒂的身体现象学夯实了具身认知在哲学中的地位，打破了身体与心灵、自我与世界之间的二元对立关系，推翻了西方传统的镜像认识论。梅洛-庞蒂的身体现象学表示，语言不是脱离身体存在的，它建立了个体与他人之间的关系，搭建了身体与世界之间的桥梁，也就是身体间性的关系。它对于理解人类认知的复杂性和身体与思维的密切联系具有重要意义。它提醒我们，思维不仅仅是大脑的产物，还是整个身体参与的结果。具身认知的思想在认知科学、心理学、哲学和文化研究等领域产生了广泛的影响，推动了学界对身体与意识关系的深入研究。

根据梅洛-庞蒂的身体现象学，身体不再被视为没有思想的物质，也不再是主体和客体完全分离的产物，而是认识世界的起点和承载者。身体不是存在于超然精神视野中的客体，而是处于主体一侧，是我们在世界中的视点，是展示自然和历史环境的地方。身体具有强烈的具身认知色彩，它从被摒弃、被忽视、被贬低的传统中崛起，成了认识世界的窗口。与身体密切相关的具身认知方式在梅洛-庞蒂的理论中获得了重要地位。身体现象学颠覆了笛卡尔以"我思"为主导的认识论传统，提出了世界与主体之间相互影响的主体间性关系。笛卡尔的认知起点不恰当之处在于将孤立的"我思"视为认识的承担者，忽视了认知主体在世界中的首要性。人类无法脱离身体去认识世界，认识源自人的生理结构，我们所认识的世界受限于视觉角度，能够看到的只是世界的一部分，完整的世界是无法或不可能完全被看到的。因此，以意识为中心的认识论存在漏洞，因为世界是身体所处的环境，无法完全被意识主导。

主体与世界之间呈现出主体间性的关系，而不是单一的决定论关系，它们相互交融、相互依存。身体处于世界的环境中，世界的环境通过身体这个感知领域得到表达。因此，认识的根源在于认识者所处的世界，它与认识者相互交织，不可分离，身体是认识者存在的环境，而不是独立的客体世界。认识者对任何客观事物的理解都首先经过感知领域——身体，并且对客观事物的感知也不可避免地受到认识者身体的影响。此外，不同认识者在身体上的差异也影响他们对同一客观事物的感知。这是一种新的认识论视角，突破了传统哲学中主体与客体、心灵与物质的二元对立关系。这种观点认为身体是我们对世界的认识的起点和载体，不再将身体视为思想之外的客体，而是将其视为认识者在世界中的视点和精神的承担者。

该理论认为身体具有具身认知色彩，认为我们的认识来源于身体的感知和知觉，我们对世界的认知受限于身体的视角和感知能力。身体是我们与世界交互的场域，我们对客观事物的知觉也受到身体的影响。此外，不同的个体由于身体上的差异，对同一客观事物的知觉也会有所不同。它打破了以"我思"为主导的认识论传统，主张世界与主体之间存在着相互影响的主体间性关系。它认为主体与世界相互交融、依存，主体只能通过身体进入世界并实现自我。这种主体间性的关系并非单一的决定论，而是一种交融、依存的关系。身体不仅是各种器官的综合体，还融合了意识和经验，是一个主体性的存在。它将这种主体性称为肉身，认为身体是存在于具体生活中的，并与世界融为一体，成为一种主体间性。

在梅洛-庞蒂的身体现象学中，语言也扮演着重要的角色。传统的认识论将语言视为人之外的存在，而梅洛-庞蒂将说话者的行为能力囊括进语言中，肯定了身体在语言层面的地位。他认为语言不是思想的工具或认识的工具，而是思想和认识本身，是人类与他人和世界共在的场域。该理论不仅向传统认识论发起了挑战，突破了主体与客体、心灵与物质的二元对立，建立了一种以身体为切入点的整体性关联，还解释了身体与环境、身体与他人之间的相互作用和相互依存的关系。身体并不是孤立存在的，而是与周围环境紧密联系的，通过身体与环境的互动，我们才能认识和理解世界。身体通过感知和知觉的活动与世界相互交流。感知是指身体对外部刺激的感知和接收，而知觉是指身体对刺激的理解和解释。感知和知觉是一个连续的过程，是我们与世界互动的方式，它不仅限于感官的层面，还包括情感、意义和价值的体验。梅洛-庞蒂认为我们的身体经验是多层次的，包含了生理、感官、情感和意义等方面，这些维度共同构成了我们对世界的理解和感知。梅洛-庞蒂的身体现象学对于理解人类存在和经验的本质具有重要意义。它强调身体是我们存在的基础和认识的起点，通过身体的感知和知觉，我们与世界相互交融，体验到世界的多样性和丰富性。

梅洛-庞蒂在论证语言与身体的关系时引用了戈尔德斯坦（Goldstein）的观点，他认为一旦人们使用语言与自己以及他人建立起真实而有生命力的联系，语言就不再是一种工具或手段，而是内在存在和我们与世界和他人之间精神联系的表达和揭示。语言是外在于说话者的，语言行为是身体与世界交互的方式。说话者通过语言来表达思想，并与世界建立联系。这种思想表达不是单向的，说话者在表达的同时也接受来自世界刺激的回应，说话者在表达自己的同时也在与对象世界进行沟通。换言之，说话者不需要回想语词，只需读出它或写出它就行了，就像我们不需要回想身体的位置就能在空间中运动一样。因此，语言构建了说话者与外界之间的桥梁。在与世界沟通的过程中，身体可以使用内在的语言，也可以利用外在的物体，并将外在物体在沟通过程中结构化为自己的一部分。例如，盲人不仅能感受到手与拐杖的接触，还可以直接使用拐杖的末端感知地面是否平整。

他将肢体语言称为姿势，姿势本身就蕴含着身体的意义。不同身体的肢体语言自然地带有个体身体的独特特色，并传达不同的含义。同样一个身体姿势在不同个体身上也带有其独特的性格和气质。此外，个体的姿势无法避免地受到外部世界的影响。对于解读和研究小说人物的姿势（肢体语言）具有重要意义。人与人的沟通以及人与世界的沟通都通过姿势成为可能。

石黑一雄作品中的肢体语言，即小说人物在叙述中展现出的身体姿势，其传递着各种各样的信息。小说人物的姿势具有特定的意义，通过摆放姿势能够表达知觉。石黑一雄笔下的小说人物肢体语言丰富多样，尤其是小说人物的服饰选择和身体行为往往折射出人物的态度。通过仔细观察人物的姿势，我们不仅可以理解他们与外部世界的互动和沟通，还能够探索石黑一雄透过小说传达的身体观念和深刻的文学意义。因此，姿势（肢体语言）是解读石黑一雄小说人物以及其文学思想的重要途径。

事实上，语言本身也是一种姿势。梅洛-庞蒂在《知觉现象学》中表示："语言不是思想的外衣，而是它的象征或身体。"[1]小说语言象征着文学的身体，作家在文学领域对世界进行阐释，通过小说语言进行表达，展现了作家与世界的连接与对话，是作家生命体验的缩影和延伸。在阅读过程中，文学思想通过阅读行为传达给读者，形成具有个体和文化特色的视角。小说的意义在于语言所蕴含和激发的思想，阅读小说时，小说语言充盈着读者的思想，小说语言与读者的对话在阅读过程中形成，思想和语言相互融合赋予小说以意义。因此，作家和读者在语言的范围内进行沟通。从这个意义上说，小说语言是作家身体的延伸，是其知觉通过语言得到的表达。相关的身体理

---

[1] MERLEAU-PONTY M. Phenomenology of Perception [M]. London: Routledge & Kegan Paul Ltd, 1962.

论以及对语言与身体、身体与世界之间关系的探索，为我们理解肢体语言在文学中的作用提供了重要的思考。通过人物的姿势和肢体语言，我们可以深入了解他们的个性、态度和与外界的互动。同时，语言本身也是一种身体的延伸，通过语言表达，作家与读者之间建立了独特的沟通。通过探索身体与世界的关系，我们能够更好地理解文学作品所传达的意义和文化观照。在阅读和解读小说时，我们应该注重身体间性的维度，将语言、姿势和肢体语言作为解读的重要路径，以获得更丰富、更准确的理解。

梅洛-庞蒂哲学中的身体间性思想是探索语言与身体、身体与世界之间关系的核心。庞蒂将语言世界和身体进行类比，他认为，语词作为语言世界的一部分，就像身体部位之于身体一般。也就是说，语言是说话者身体的延伸，带有说话者的身体意义，并与说话者融为一体。小说作品通过语言展现了人物之间、人物与外界的身体间性。同样，身体与世界也是如此，世界是身体所寓居的现象世界。身体既是世界中的一部分，也是观察和触摸世界的工具。身体既能看到，又可以被看到。身体的主动性等同于它的被动性。世界是通过身体投射出来的，感知是身体综合的结果。就像我们观察世界时只能看到其中一面，但其他面仍然存在，只是作为背景存在于观察中。同样地，我们在解读文学作品时也需要把握其整体性。石黑一雄经常运用意识流的技巧，使我们读到许多片段性甚至碎片性的叙述，这时不能单独、片面地对待。特别是在面对小说人物语言和肢体语言中的停顿、中止和不连贯时，需要培养一种自觉性，即意识到人物的整体性并未消失，而是作为背景存在。因此，把握小说叙事中的身体间性能够使解读更接近小说本身，也更能理解其完整的意义。

总而言之，梅洛-庞蒂的身体现象学提供了一种新的认识论视角，超越了传统的主体与客体的二元对立，将身体视为认识和存在的关键要素。它强调身体与环境、身体与他人之间的相互作用和相互依存，通过身体的感知和知觉，我们能够更全面地理解和体验世界。基于此，具身认知的出现标志着身体在哲学和认知科学中的重要性逐渐得到认可。它挑战了古希腊以来的身心二元传统，强调身体在认知过程中的关键作用。身体不再被视为牺牲者和被边缘化的对象，而是哲学思考的重要基础。它被看作是现象身体，是充满生命力和创造力的存在。这个观点对于我们理解认知过程和主体性的关系具有重要意义。它突出了身体在认知中的作用，并强调了身体经验在形塑我们对世界的理解和知识获取中的重要性。

根据具身认知的理论，我们的认知不仅仅依赖于大脑的功能，还受到身体的感觉和运动能力的影响。我们的身体经验通过感觉器官和运动系统，与外界环境进行互动和交流，从而塑造了我们的认知过程。一个著名的实验支持了具身认知的观点。实验表明，当实验对象含有一支铅笔以模仿微笑的面部表情时，他们对愉悦语言的理解速度更快；而当他们将铅笔放在嘴唇上以模仿皱眉的面部表情时，他们对负面语言的理解速度更快。这表明我们的肌肉形态和身体状态对于我们对语言的理解和情绪的感知具有影响。这个概念在哲学、认知科学和心理学等领域引起了广泛的关注和研究。它对于我们理解人类认知的本质、主体性的来源以及身体与意识的关系提供了新的视角。通过关注身体在认知中的作用，我们可以更好地理解人类的知觉、情感、意义生成和行为反应等方面。具身认知强调了身体在认知过程中的重要性，超越了传统的身心二元对立观念。它对于我们理解人类认知、主体性和身体与意识关系的复杂性提供了新的视角。这一概念的出现在西方哲学和认知科学领域引发了广泛的讨论和研究，并且对于我们认识自己和世界有着深远的影响。

随着社会的进步和多元化的发展，人们对身体的多样性和包容性的关注也日益增加。性别、性取向、身体形态等方面的差异被视为正常的多样性，而不再被视为价值判断的标准。这种认识的改变促进了更加包容和尊重他人身体差异的社会环境的形成。

身体在文学和文化领域也扮演着重要的角色。身体表演文学、舞蹈、戏剧等形式探索了身体的表达和意义，展现了身体的美感和力量。身体文学也成了探索身份、性别、政治和社会问题的重要媒介。尽管具身认知的概念在近年来得到了越来越多的关注，但它仍然是一个活跃的研究领域，有待进一步探索和发展。通过深入研究具身认知，我们可以进一步拓展我们对人类认知的理解，为人工智能、机器学习和人机交互等领域的发展提供有益的启示。

身体现象学的兴起和现代主义文学的探索为我们重新认识和审视身体的角色和意义提供了新的视角。在当代社会，人们越来越重视身体的健康、情感和社会互动。身体已不再被简单地视为一种物质存在，而是被看作我们与世界相互联系和交流的媒介。现代科学的发展也在某种程度上支持了对身体的重新审视。神经科学和认知科学的研究表明，身体感知和行为是认知过程中至关重要的组成部分。我们的感知、情感和思维都受到身体的参与和影响。身体的动作、姿势和肢体语言在社会交往中扮演着重要的角色。此外，身体的健康状况也直接影响着我们的认知能力和情绪状态。

总体而言，对身体的认识和态度在不同的时期和文化中有所变化，从身体的贬低和分离到认识了身体的重要性和包容性。身体现象学和现代主义文学的探索为我们提供了新的视角，使我们能够重新审视身体的意义和作用，促进了对身体的多样性和包容性的认识。同时，科学的发展和社会的进步也为我们理解身体在认知、情感和社会交往中的重要性提供了更深入的理解。

二、艺术史中的身体

在西方艺术史上，对性别化身体的探讨是一个永恒的主题。艺术家们喜欢描绘男性之躯的健美有力，以及女性之躯的柔美肉感。回顾历代大师的作品，无论是拉斐尔（Raphael）所描绘的优雅诱人的女神形象，维米尔（Vermeer）描绘的质朴宁静的妇女形象，鲁本斯（Rubens）笔下丰满性感的女性形象，还是安格尔（Auguste）画中唯美动人的女性风姿，抑或雷诺阿（Renoir）创造的夺目少女形象，人体一直在连接感性与理性。从性别差异的视角来品味文学作品中的身体，总能反映出不同时期社会风俗文化的渗透和影响。身体作为历史文化解码的钥匙，构成了艺术史中独特的界面。直到公元前4世纪，女性身体才开始受到艺术家的青睐，并且取得巨大成功。对于希腊文艺家来说，男性裸体的塑造一直是一个巨大的挑战，而女性裸体则是当时出现的新主题。女性裸体从一开始就将自然的姿态与宗教的意义优雅地结合起来。这个姿态在整个古典时期、文艺复兴时期乃至今天都持续不衰，不断重复、变化和发展。即使在过去人们没有女性主义意识的时代，性别之躯总是与美、诱惑、裸露与遮蔽、性、爱、欲望、权力等话题联系在一起。性别的标签一直贴在艺术中身体的表现形态上。

身体的"人间化"形态从埃及文学艺术开始就存在，当时的壁画描绘了人们的日常生活场景。但直到希腊化时期的绘画中，文学家们才开始对普通人和日常生活事务表现出浓厚的兴趣，人的身体终于可以融入真实的生活，融入有空间和光线的自然环境，融入充满人间气息的俗世之中。文学家们对世俗之躯的描绘在文艺复兴时期得到了充分的发展。和古代人一样，现代人文主义者认为人类的身体和精神都应该具备强大的能力，能够采取出色而果断的行动，追求知识、仁慈、公正甚至快乐等有价值的目标。艺术家们通过找到将人体置于三维空间的方式，将意识、情感和人类形象融入其中。俗世之躯的文学作品不仅具有审美价值，还具有历史、人类学和社会学的价值，成为研究过去时代最直观的文本。传统的身体形态可以被视为现代文学中身体形象的起源。在今天的西方文学中，神话之躯、上帝之躯等身体形态并未消失，只是失去了过去的辉煌，不再是整个社会崇拜的偶像。

在人类发展史上的每个重要时期，人类总是萌生出新的向往，创造新的艺术形式和风格。每当社会和时代精神发生巨大变化时，就会出现新的理想形象，并有与之相符的新文学表达形式出现。我们不能用优劣来评价接踵而至的文学形态或风格，因为不同的表达形式是外部世界的综合作用和文学自身发展的必然结果。那些试图超越或突破现有模式的文学家往往会在艺术史上留下深远的影响，成为后世的先驱者。

因此，对于性别之躯和世俗之躯的探索与描绘在西方文学史上扮演着重要的角色。这些身体形态和表达方式不仅反映了不同时期社会风俗文化的变迁，也展示了文学家对人体的审美理解和思考。通过文学艺术作品中的身体形象，我们可以深入了解过去的时代，感受不同文化背景下人们有关身体的态度和观念。这种关于性别和世俗身体的探索是文学史上宝贵的一部分，它不仅具有艺术的魅力，还为我们理解人类历史和社会发展提供了独特的视角。尽管当代社会对性别和身体的观念已经发生了变化，但艺术仍然是一个重要的媒介，反映着人类的身体经验和认知。通过对性别之躯和世俗之躯的研究，我们可以加深对人类身体在不同文化和社会背景中的意义和演变的理解。

然而，我们也要意识到身体表达的多样性和复杂性。在艺术中，身体形象不仅仅是物理实体，它还承载着意识、情感和文化符号的丰富内涵。艺术家们通过不同的文学手法和风格，探索着身体的力量、脆弱性、身份认同和社会角色等方面。每一种表达方式都在传达着独特的主题和观点，呈现出艺术家对人类存在和人体自身的思考。无论是过去还是现在，性别之躯和世俗之躯在艺术中都扮演着重要的角色。它们是艺术作品中的关键元素，引发观众的思考和情感共鸣。通过对身体的描绘和表达，艺术家们能够传递他们对社会、性别、权力和身体自身的见解，同时也让观众反思自己与身体的关系和对身体的认知。性别之躯和世俗之躯是西方艺术史中重要的主题，它们在不同的文学作品中展示出丰富的表现形式和意义。通过对这些身体形象的研究和理解，我们可以更深入地探索人类身体经验的多样性和文化的演变。同时，文学也提供了一个平台，让我们思考身体、性别和社会的关系，以及我们自身在这个复杂世界中的定位。

事实上，在西方艺术史中，从古代到现代，几个关键词——"裸体""人体""身体"——扮演着重要角色，反映了对身体观念的转变。首先是"裸体"，在艺术中一直具有重要地位。在古代希腊和罗马文化中，裸体被广泛描绘，被视为美的象征和完美的表现。古希腊的雕塑和壁画以赤裸的人体为主题，追求比例、线条和和谐。这种表达方式在文艺复兴时期得到了复兴，并成为文学的标志之一。然而，裸体也受到了道德和宗教观念的限制，在某些时期被视为亵渎或不雅。尤其是在基督教文化中，裸体被视为原罪的象征，因此在宗教文学中往往被遮蔽或以更虔诚的方式呈现。其次是"人体"，这个词强调的是人类身体的普遍性和普通性。"人体"不仅仅关注文学中的美，还涉及身体的功能、生理结构和个体的体验。在文艺复兴时期，对人体的研究成了一项重要的科学领域，文学家们通过对人体的观察和描绘，探索了解剖学和生理学的知识。此外，人体还被用来表达情感、表达社会和政治观点，成为文化和社会身份的象征。最后是"身体"，这个词更强调身体为一个整体，包括肉体和灵魂的统一。"身体"强调身体的主体性和自主性，将人的身体视为思想、意志和情感的表达工具。在现代哲学和文学中，身体开始被重新评价，被认为是人类存在的核心。尼采提倡以身体为中心，探索身体对于伦理、政治和历史的重要性。这种身体观的转变也在现代文学中得到了反映，文学家们开始以更为直接和自由的方式表达身体的美和复杂性。从"肉体""裸体""人体""身体"这几个词的演变可以看出，在西方文学史中，对身体观念的理解和表达方式发生了显著的变化。古代的裸体被视为美和完美的象征，但在某些时期其受到了道德和宗教观念的限制。然而，人体的研究和探索使文学家们更加注重身体的功能和普遍性，将人体作为科学、文化和社会的重要主题。

随着现代哲学和艺术的发展，身体的观念逐渐被重新评价，被认为是人类存在的核心。身体被赋予了更多的主体性和自主性，成为思想、意志和情感的表达工具。这种身体观的转变在现代文学中得到了反映，文学家们以更直接和自由的方式描绘和表达身体的美和复杂性。例如，20世纪的表现主义艺术家们常常在他们的作品中描绘扭曲和夸张的人体形象，通过这种形式来表达内心的冲突和激烈的情感。同时，身体也被用来反映社会和政治议题。例如，女性主义文学家们通过描绘女性身体和探索性别议题来挑战传统的性别观念和权力结构。

在传统艺术中，最早描绘的裸体是亚当和夏娃的形象。女性裸体在欧洲文学中一直是一个重要的主题，甚至在19世纪占据了文学的核心地位，成为那个时期美的象征。然而，这些作品中描绘的裸体即使是裸体，也带有宗教、社会阶级或性别的烙印。裸露的对象、程度以及能否裸露，从一开始就涉及文学家表达自由和话语权的问题。在西方文学史上，曾经发生过几个与裸露行为相关的重要事件。例如，西班牙画家戈雅（Goya）和法国印象派画家马奈（Manet）的作品中描绘了具有挑衅性的裸体形象，展示了一种反维纳斯的姿态和新的文学趣味，两位文学家在题材和表现手法上开创了新的方式。马奈的《草地上的午餐》被视为现代文学的起源。女性的身体不再是被动被观看的对象，而是以自信和平等的姿态主动展示自己，迎接外界的目光。因此，这也可以引发关于女性主义的广泛讨论。

"人体"在西方文学中一直扮演着非常重要的角色。"人体艺术"中的身体具有一定的研究性，具有理性的意味。在讨论审美理念和美学内涵时，我们更常使用"人体"这个词，比如人体解剖、人体比例、人体模特、人体动态等。对人体的研究热情可以追溯到古希腊时期。在文艺复兴时期，它成为令人振奋的对象。除了中世纪宗教黑暗统治时期之外，欧洲各国的文学都有一种欣赏和追求人体美的文学传统，这种趋势至今仍然存在。"身体"作为各个器官和部分的集合体，除了具有与生俱来的自然属性外，它的内涵和外延要比前面提到的词汇更为广泛。随着社会和科技的发展，人类对自身的认知日益深入，学术界对身体的研究热情也越来越高涨，文学中对"身体"一词的使用也变得更加频繁。当文学家赋予身体情感、精神和自主性时，它就超越了自身的局限，向更广阔的空间扩展。因此，描绘"肉体""裸体"和"人体"的文学成为强调和特指文学表现对象物质属性的词汇，并逐渐显露出一定的局限性。

在这些不同表达方式之间，渗透着西方人对文学中身体形态的不同理解和接受。这些表达方式的背后，记录着西方文学中身体漫长的发展历程。文学家们以各种材料和风格塑造身体、描绘身体，为了表现最"真实"、最"理想化"的身体不断完善自己的技巧。到了18世纪，科学和哲学开辟了全新的领域，基督教对美学和评论的主导地位开始丧失，法国革命和工业革命的精神影响社会文化生活的各个方面，普遍适用于所有作品的原则与文学家的想象力和创造力产生了更加激烈的冲突。到了19世纪，浪漫主义文学中充满激情的身体挑战了庄严而保守的新古典主义身体。接着，现实主义画家们摒弃了理想中的人体和历史题材，将真实的质感和社会意义融入作品中，以焕然一新的创作方法成为现代文学的基石。综上所述，这些内容以完全不同的表达方式改写了西方文学中身体的描绘和表现。这反映了西方人对文学中身体形态的不同理解和接受，同时也记录了西方文学中身体漫长的发展历程。文学家们通过各种风格和表现手法，不断探索和塑造身体形象，追求最真实和理想化的表现。

19世纪70年代，印象派画家对光和色彩的描绘，使得造型的语言受到前所未有的重视。他们的最重要贡献是从传统文学对主题的表现转向对艺术形式本身即本体语言的研究。后印象派的三位大师塞尚（Cézanne）、高更（Gauguin）和梵高（Van Gogh）彻底改变了西方绘画的面貌，开启了现代文学的新纪元。长期以来，传承下来的古代到近代的身体传统变得越来越沉重，而文学家们长期以来隐而不露的质疑在20世纪末终于得到了表达。在这个时候，文学家对形式的探索和主观表达的重视使得身体呈现出截然不同的面貌。在印象派之前的文学潮流中，大多数描绘身体的作品忠实于欧洲绘画的写实传统，用身体来传达信仰，讲述故事，以叙事性和描绘性为主。这一传统并没有经历剧烈的转变或断裂。然而，从客观再现走向主观表现这一步却经历了数千年的时间。

在20世纪之前，艺术家们主要使用绘画、雕塑、工艺艺术等传统艺术形式来表现身体。尽管受到当时社会中盛行的身体观的影响，但艺术世界中呈现出的身体景观并不总是完全契合于哲学层面对身体的认识，它有着自身发展的逻辑和脉络。随着人们对艺术自身认识的变化，旧的艺术样式再也跟不上文学发展的步伐，旧的文学宣告灭亡，新的样式必然出现。自文艺复兴以来，艺术再次与科学相遇，使得文学家们对身体产生了新的好奇和演绎。当形式探索的新天地敞开时，一系列的艺术创新开始了。20世纪的欧洲受资产阶级革命、工业革命以及两次世界大战的影响，国家和社会的原有威权开始动摇。在科技和媒体日新月异的情况下，人们对自然、社会和科学的认识深度和广度迅速发展，个人主义的重要性日益强化，文化艺术领域也发生了深刻变革。

自20世纪以来，视觉艺术领域涌现了许多新的风格、观念和媒介。新印象派、立体主义、未来主义、构成主义、表现主义、达达主义、超现实主义、抽象表现主义、新达达派、波普文学、新现实主义、"硬边"绘画等不同流派的作品不断涌现，相互共生、交替更迭，令人目不暇接。然而，随着时间的推移，文学艺术中的身体描绘逐渐超越了物质属性，开始关注身体的情感、精神和社会意义。艺术家们赋予身体更多的内涵，将其视为表达思想、情感和社会议题的媒介。身体成为文学创作的主题之一，它不再是被观赏的对象，而是展现人类内在世界的窗口。此外，随着现代社会的发展，身体在艺术中的地位也发生了变化。身体被视为性别、身份、权力和社会关系的象征。文学家们通过对身体形象的探索，探讨了性别政治、身体权力和身体自由等议题。女性主义文学运动的兴起，推动了对女性身体的重新诠释并赋予了其新的意义。身体在西方艺术中扮演着重要的角色，它是文学表达和探索的对象。从描绘裸体到塑造人体形象，从强调物质属性到探索情感和社会意义，艺术家们通过对身体的创作，展现了人类的多样性、内在世界和社会议题。同时，身体的表现也受到了历史、文化和社会环境的影响，反映出西方文学中身体观念的演变和发展。

以上提到的观点和描述确实反映了"裸体""裸像""人体"和"身体"这些概念在西方艺术中的不同理解和表达方式。在文学中，"裸体"通常与性感的意象相联系，强调裸露的意图、动作和状态。而"裸像"则更多地被认为是一种文学形式，结合了主观的意图和客观的形象，具有更鲜明的性别色彩。在西方艺术史中，裸体的描绘早期以亚当和夏娃为主题，女性裸体在欧洲文学中占据重要地位，成为美的象征。然而，这些描绘对象的裸体形象往往带有宗教、社会阶级或性别的印记。裸露的对象、尺度和是否能够裸露等问题一直涉及艺术家表达自由和话语权的问题。在艺术史上，有一些与裸露相关的著名事件引起了轩然大波。这些文学家通过题材和表现手法开辟了新的方式，将女性身体从被动的观赏对象转化为自信和平等的主动表达者。这也涉及了与女性主义相关的议题。

此外，在现代文学中，"人体"这个词的使用更多地涉及对身体的研究和理性意义的探索。人体成为各个器官和部分的集合体，文学家们通过对人体的研究表达对美学意蕴和审美理想的追求。对人体的研究在古希腊时期就已经开始，而在文艺复兴时期达到了高峰。欧洲各国的文学传统都包含了欣赏和追求人体美的元素。艺术家们通过不同的材料和风格来创造身体的形象，并通过完善自己的技艺追求最真实和理想化的身体形象。随着科学、哲学和社会的发展，人们对自身身体的认知越来越深入，学术界对身体的研究兴趣也日益增加，这在艺术中体现为对"身体"这个词的更频繁使用。当艺术家赋予身体情感、精神和自主性时，身体的意义超越了其本身的物质属性，向更广阔的空间扩展。文学家们描绘"肉体""裸体"和"人体"的艺术作品强调和特指身体的物质属性，但也逐渐显露出一定的局限性。身体作为一个概念具有丰富的内涵和外延，其意义与社会、科技和文化的变化紧密相关。

西方艺术对身体的理解和表达在不同的历史时期和文学流派中有所差异。这些概念在艺术家们的创作中反映了对性别、身份、自由和审美理想的思考和探索。通过对身体的描绘，文学家们不仅表达了对物质世界的观察和反思，还探索了人类存在和体验的深层意义。从浪漫主义到现实主义，艺术家们对身体的描绘方式和表现方法不断发展和变化。浪漫主义时期的身体充满激情和情感，挑战了新古典主义时期庄严肃穆且保守的身体观念。而现实主义画家们则注重描绘真实的质地和社会意义，将现实世界的元素融入文学作品中，为现代艺术奠定了基础。

第三节 文学中的身体叙事

一、概述

当谈及"身体"这个话题时，我们发现它在西方的人文社会科学领域成了一个古老而又新鲜的焦点。特别是在20世纪以来的西方视觉文学史中，我们看到了自我革新的动力和令人惊叹的发展。随着文学价值观念的不断演变和涌现，文学表达方式变得越来越丰富多样，受思想文化、社会生活和科技进步等外部力量的影响和启发，我们逐渐认识到"身体"具有独立的价值，并在文学领域中衍生出了前所未有的维度和语义。

根据梅洛-庞蒂的身体现象学，语言不是脱离身体的存在，它建立了个体与他人之间的关系，搭建了身体与世界之间的桥梁，也就是身体间性的关系。在语言与身体关系发生变革的前提下，石黑一雄等现代主义小说家追求身体与世界对话的文学理想，摒弃了模仿自然的文学传统。本章介绍石黑一雄的身体观，发现他通过运用意识流的写作手法在文学中直面疾病、疯狂和创伤，摒弃了单一的性别意识主导的写作方式，赋予身体应有的地位，从而消除了身体观中的二元对立。

　　身体叙事学倡导从小说的话语层面解析身体在叙事方面的作用，研究身体如何推动叙事发展，而不仅仅是身体如何引导叙事，以避免陷入男性中心的陷阱。此外"身体"作为文学家们钟爱的主题之一，经历了不断的重新定义和演变。随着文学观念的变化，身体在文学中的存在方式也在不断更新。在当今的图像阅读和媒体时代，文学的新解读视角和无禁忌的表达方式对传统产生了巨大冲击，重新评估、修正、解构和重写了文学概念。身体在视觉文学中持续创造新的意义，并通过这种方式将人体和文学作品作为结果或质疑途径嵌入特定的社会文化空间。

　　肢体动作包括表情等的感染力也是交流、信息传达的一部分，具体到声音的音调、语速、面部表情的扭曲夸张其实都是无意识的思想传递。群体情感的传染性力量也是巨大的，情绪的传递通常被认为是理性思考的对立面，当人受到情绪影响时，是很难对相应情境做出客观判断的，而作为载体的身体，正是情绪疏堵的通道。

　　不论是音乐还是文字，其实都是给受众提供了一种想象契机，好的作品可以引领出更强的画面感，由此使人置身于超越所在现实的情境之中，好的作品正是这样超脱时间、空间边界的渠道，让读者徜徉在无垠的自由世界中的。节奏感强的叙事更能激发人的活力，使人产生类似于心情激荡、振奋的感觉，而节奏舒缓的呈现则是一点一点地显露出来，让你身临其境地体会到每一处细节。

　　在身体叙事的策略层面，石黑一雄运用了三股叙事动力。第一是与人物身体行为相关的叙述。第二是体现人物与外界身体间性的小说语言，比如情节之外的语言、重复性的叙述，以及隐含作者对自己经历的总结或对未来情节的预测。这些语言打断了原有的叙事线索，改变了叙事时间和叙事节奏，成为连接叙事的有形工具。第三是碎片化的叙述，看似与情节发展无关，却映射出人物的内心和身体境遇，构成重要的叙事动力。这些叙事元素不仅与身体相关，还与读者的阅读感受相关。叙事时间和节奏的改变，情节发展之外的碎片化叙述，都不符合读者对自然时序和线性叙事的期待，它们在给阅读增加困难的同时也给读者的身体带来挑战。就如同听音乐会时，乐章戛然而止，或听到与主题不相关的演奏片段，身体会本能地停下来，需要重新调整以适应这些变化。然而，这些文本的内容构成了最为真实的生活场景，体现了石黑一雄对浑然一体之美的文学追求。

人的命运其实是个人性格和经历与社会洪流动向的耦合，当两者高度一致的时候，这个人是"好命"的，但当两者背向而行时，这个人往往会面临诸多困境。在语言与身体关系发生变革的前提下，现代主义作家弗吉尼娅·吴尔夫（Virginia Woolf）及其代表的现代主义文学突破了传统的模仿自然的文学范式，追求身体与世界对话的文学理想。在其作品中运用意识流的写作技巧，直面疾病、疯狂和创伤，摒弃了单一的性别意识主导的写作方式，赋予身体应有的地位，消除了身体观念中的二元对立。她的作品中探索了身体的感觉、动作和存在，呈现了身体在主观体验和外部世界之间的交织关系。

如作品《叫魂》，虽然来自民间的传言和迷信，但也涉及对身体的操控来完成一系列的仪式。又如晚清时的留发不留头，人们把具有代表性的身体的一部分单独提取出来，抽象成为某一神秘概念或者神圣性的显现，以此为代表控制人的思想走向。传言是由身体开始的，也因此让普通民众信以为真。可是为什么与身体相关的一切荒诞说法会如此有说服力，让众人深信不疑呢？因为人体承载着人类的所有可能，当这一基础有所变化，或者具有一定的不稳定性，甚至受到威胁时，作为身体主人的我们很难做到置之不理，或从一个相对客观的角度去思考。在这个过程中，人的理性思考能力转换成了以维护身体安全（即自身存在）为首要目标的求存能力。

二、文学史中的身体

本节旨在以跨学科的视角研究"身体",探讨在文学领域中传统"身体"解构的动机,并系统地梳理"身体"在崭新的文学文化语境中逐渐延展的过程。本书试图通过对身体观历史的考察,将其置于具体的社会文化语境中,对20世纪以来西方视觉文学中涉及"身体"的文学实践、承载观念等进行深入的梳理和论述,剖析文学中"身体"的多元表现方式、角色与功能的演变、价值与意图的重构,以及与相关理论的互动等问题,力图更清晰、全面地理解"身体"在西方现当代美术中丰富的语义,从而拓展出一个崭新的文学空间和话语空间。

身体叙事学强调身体在构建小说要素(情节、人物形象、故事背景)中的作用,以及身体与环境、他人的关系。研究者试图跳出男女二元对立的视角,探究身体在小说叙事中的作用,并提出三股叙事动力:人物的身体本身、人物的语言以及碎片化的叙述。这三股动力与身体发生互动,通过改变身体间性和打破原有身体间性来推动叙事发展。另外,庞德(Pound)将身体按照身体政治划分为不同类别,本书主要结合庞德和梅洛-庞蒂的身体观念,聚焦于疾病、创伤和疯癫的身体,以揭示身体政治和个体身体与社会话语之间的张力。

在西方传统哲学中,身体一直是哲学家们关注的课题,身体哲学在20世纪逐渐占据主导地位。梅洛-庞蒂是身体研究的先驱者,引发了身体研究的理论浪潮。国内学界近二十年来对身体研究也给予了关注,出现了一批相关著作和论文,涉及文学、社会学、美学等多个领域。这些研究对于将身体引入审美领域、深入理解身体理论的内在逻辑具有积极意义。身体叙事学是一个复杂而丰富的理论范畴,其应用范围广泛,不仅局限于文学领域,还涉及其他学科门类。

现代主义文学和艺术尤其能够体现身体间性的哲学思想。梅洛-庞蒂在《知觉现象学》中将现代文学与现象学所做的努力置于同一层面："现象学和普鲁斯特的作品、瓦莱里的作品或塞尚的作品一样，在辛勤地耕耘——靠着同样的关注和惊奇，靠着同样的良心要求，靠着同样的理解世界或初生状态的愿望。"① 现象学主张回到事物本身，不对研究对象进行加工和分析，呈现出其原本的样子。小说发展的步调与现实的步调相一致，现代主义的小说传达了20世纪的困境，展现了20世纪人类经验内在与外在图景。20世纪的背景体现在人类分裂上，无论是两次世界大战的破坏，还是工业文明导致的异化，身体既是施加者，也是承受者。现代主义倾向于揭示人类主体观和历史观的破碎性，并将这种破碎性视为哀悼的对象，比如艾略特（Eliot）的《荒原》和弗吉尼娅·吴尔夫的《到灯塔去》，而文学作品则为现代生活提供了它本身缺乏的整体性和意义。

尽管现代主义文学被广泛认为注重描写人物的心理、重视主观直觉，但正如丹尼尔·蓬迪（Daniel Ponti）所言，所有文学叙事都需要在更广阔的空间内理解身体的互动行为。在破碎的历史语境下，对身体间性的描写体现了现代主义文学中的身体互动行为，人物与外界的身体间性蕴含着作者对破碎的现实世界之外、完整的文学世界的追求。因此，从文学的角度来看，现代主义文学在书写20世纪人类身体的真实境遇的同时，也还原了20世纪人类文明图景。挖掘其中的身体叙事，对揭示20世纪人类身体存在的意义具有重要价值。

在任何时代，小说都具有隐喻的性质，呈现了自我与世界之间的关系。现代主义作家面对异常复杂的文明现状，既有加缪（Camus）笔下的"对苦难难以理解的依恋"，普鲁斯特（Proust）的"对人类记忆机制和回忆美学"的探索，昆德拉（Kundera）的"对生存本身的无穷追索"，也彰显了

---

① 梅洛-庞蒂. 知觉现象学[M]. 姜志辉, 译. 北京: 商务印书馆, 2001: 18–19.

海明威（Hemingway）的"压力下的风度"。复杂的时代塑造了复杂的小说形式和技巧，对身体的表达呈现出破碎化的特点。在自我与世界的关系中，当生命被战争威胁处在岌岌可危的状态时，身体在文学中的地位会更加凸显。身体叙事是指在文学作品中探索身体在叙事中的作用和意义。它关注身体作为叙事符号和叙事方式的功能，以及叙事对身体的塑造和影响。通过身体叙事的研究，我们可以更好地理解文学作品中身体的多重意义和文化背景，进一步探索身体在叙事中的地位和作用。

身体还象征着个体的存在和身份。作品中的人物常常通过身体来表达自己的个性和情感。身体语言、姿态和动作成为描绘人物内心世界的重要手段。通过对人物身体的细致描写，作者展现了个体的复杂性和多样性。此外，身体还承载着社会和历史的压力。身体在这个背景下成为受到外界压迫和限制的对象，同时也是抵抗和反抗的源泉。在文艺理论话语中，"身体"是具有辨识性的基本元素。作为文学理论的视角和概念术语，学界对于"身体叙事"并没有权威的定义。然而，可以从两个角度来解释这个合成词的内涵，即身体的叙事性和叙事的身体性。这两个角度并不矛盾，它们是同一概念的两个方面，反映出"身体"和"叙事"之间的紧密关系。

身体的叙事性旨在将身体作为一种叙事符号和叙事方式，探求其在叙事中的意义和功能。这一概念在后叙事学的研究中得到了广泛的延展。叙事的身体性指的是叙事中身体所呈现的多重面向。身体叙事显然与叙事相关，但是传统叙事学中的身体作为常见的叙事内容往往难以引起研究兴趣。人们常常会问："谁没有身体呢？"因此，传统叙事学对于身体的问题往往忽略或避而不谈，但这些问题在身体叙事中是显而易见的。我们不需要探讨是否存在标准的叙事形式，叙事学的研究对象是叙事的本质、形式和功能，无论具体使用的是文字、图像还是其他媒介，它们都是叙事研究的内容。因此，身体作为叙事的要素具有复合性和多重性，它是自然和文化共同生成的文学中的身体，具有意识形态的属性。从叙事的角度来看，身体叙事具有文化研究的属性和特征。

英文中的词源"body"与古德文的"botahha"（桶、瓮和酒桶）有关，它指的是一个"桶"状的人。因此，身体在西方传统中常常被比喻为容器，如牢房、寺院和机器等。另外，拉丁语的"corpus"（身体）一词仍然在当代英语中被使用，特指文本的身体，即对社会历史观有贡献的叙事和传说。从18世纪开始，文学中的身体叙事逐渐受到关注并发展起来。在这个时期，一些重要的文学作品开始涉及身体的描写和叙事，探索了身体在叙事中的作用和意义。

在18世纪的欧洲文学中，身体叙事主题的一个重要方面是身体与社会等级和身份的关系。启蒙时代的作家们对人类的身体特征和生理过程进行了详细的描绘，这些描写在一定程度上反映了社会地位和身份的差异。例如，作家在描绘贵族和平民的身体特征、姿态和行为时，常常强调他们之间的差异，以展现社会等级制度的存在。

以《危险关系》（*Les Liaisons dangereuses*）为例，它是18世纪欧洲文学中一部重要的作品，它展示了身体叙事中身体与社会等级和身份的关系。该小说由法国作家皮埃尔·肖代洛（Pierre Choderlos）编写，首次出版于1782年。小说以一系列书信形式的对话展开，描绘了法国贵族社会中的性爱、欺骗和权力斗争。在小说中，身体成为塑造角色身份和社会地位的重要元素。小说中的主要角色包括维尔蒙伯爵和瓦莱蒂娜侯爵夫人，他们之间展开了一场情感和性别上的危险游戏。小说通过对他们的身体特征、姿态和行为的描写，强调了他们与其他社会阶层的差异。

维尔蒙伯爵被描绘为一个优雅、沉稳而具有吸引力的男性。他的身体姿态和举止显示出他的高贵和自信，使他能够在社会中获得权力和影响。他的身体语言和行为反映了他的上层阶级地位，同时也彰显了他的诡计和欺骗。相比之下，瓦莱蒂娜侯爵夫人的身体特征和行为被描绘为更加放纵和挑逗。她的身体被用来表达她的性感和诱惑力，以及她对社会规范的挑战。通过对她的身体描写，小说突出了她的性别魅力和她在社会等级体系中的边缘地位。

19世纪文学中的身体叙事进一步扩展了主题和风格。浪漫主义时期的作家们经常使用身体形象和感官描写来表达情感和情绪。他们通过描绘人物的身体感受和感觉，展现了个体内在世界的复杂性和深度。《草叶集》（*Leaves of Grass*）是19世纪文学中一部重要的作品，它展示了身体叙事在浪漫主义时期的扩展。该诗集由美国诗人沃尔特·惠特曼（Walt Whitman）创作，首次出版于1855年。作品以其自由的诗体和肉体主义（bodyism）的主题而闻名。它通过对身体和感官的描绘，探索了个体的存在、情感和自我意识。其中一首具有代表性的诗歌是《自我之歌》（*Song of Myself*），它是一首自传式的长诗，涵盖了主题广泛的自我发现和个体的庆祝。在这首诗中，惠特曼通过对身体的细致描绘，表达了个体的复杂性和与世界的联系。

《自我之歌》中充满了关于身体的感官描写，例如描述味觉、触觉、听觉和视觉的经验。这些描写旨在传达主体与外部世界的亲密关系，以及身体如何作为感知和体验的工具。惠特曼通过肉体的感受和感觉，探索了个体内部的丰富情感和思想。还以一种庆祝身体的方式，将身体视为自由、个体主义和身份的象征。惠特曼在诗中大胆表达了对自己身体的热爱和接纳，以及对身体在社会中的解放和表达的追求。这种肉体主义的态度在19世纪文学中是前所未有的，它突破了传统的文学约束，强调身体的自由和个体的权利。

随着现代主义文学的兴起，身体叙事进一步扩展和实践。现代主义作家探索了身体与时间、空间和意识之间的关系，通过创新的叙事技巧和形式来表达身体经验的碎片化和多维度性。在20世纪之前的文学史叙事中，身体这个难以定义的存在物留下了深刻的印记。不同的文化和语言对于身体这个概念有着不同的解读。在欧美世界传承了古希腊和古罗马文化的影响下，身体被理解为一个群体性的、客观的、物质的、自然的、自在的实体，同时也包含了个体性的、体验的、社会的、自我存在的意义。这种二元对立的理解中，前一种含义是后一种含义的基础。

在20世纪后半叶和21世纪的文学中，身体叙事逐渐多样化并涉及更广泛的议题。一些作家关注身体的性别、种族和性取向等方面，探索了身体特征对身份认同和社会认同的影响。同时，一些后现代主义和后人类主义的作品也通过身体叙事来反思人类与技术、环境和非人类身体的关系。

在文学史叙事中，身体这一难以定义的存在物产生了深远的影响。文学家通过绘画、雕塑、舞蹈等形式表达和呈现身体，探索和挑战身体的形态、感知和意义。文学作品中的身体形象可以揭示文化观念、社会身份和性别角色等方面的问题，同时也可以激发观众对身体的感知和思考。在文学叙事中，身体形象和感受常常被用作表达人物内心世界和情感复杂性的重要手段。例如，夏洛特·勃朗特（Charlotte Brontë）的《简·爱》通过主人公简·爱的身体形象和感受，展现了她内心世界的复杂性和矛盾性。读者可以透过她的身体经验，感受到她的情感和自我认同的挣扎。

然而，身体在文学中并不仅限于积极的表达。弗拉基米尔·纳博科夫（Vladimir Nabokov）的《洛丽塔》通过叙述者亨伯特的身体感受和欲望，展示了他对年轻女孩洛丽塔的病态爱慕。身体在这部小说中成为表达情欲和心理扭曲的重要元素，反映出亨伯特的病态心理和他对洛丽塔的危险追求。同时，身体在文学叙事中也被用来描绘社会和历史背景。列夫·托尔斯泰（Leo Tolstoy）的《战争与和平》以一系列角色的身体经验和行动为线索，生动地描绘了拿破仑战争时期的俄罗斯社会和个体的命运。通过身体的描写，读者能够感受到战争的残酷和个人命运的无常。同样，托尔斯泰的《安娜·卡列尼娜》也通过主人公安娜的身体形象和身体冲动，探讨了爱情、婚姻和社会道德的困境。安娜的身体在小说中象征着她对个体自由和情感追求的渴望，读者可以透过她的身体经验，深入理解她所面临的道德和情感抉择。

这些作品中，性别身体化和身体权力动态是重要的议题。通过描绘角色的身体特征、行为和经验，这些作品探索了性别对个体身份和社会地位的影响，以及身体在权力关系和社会结构中的作用。它们挑战了现有的性别规范和权力结构，提出了对性别平等和身体自主权的思考和反思。此外，身体叙事研究还关注身体与空间和环境的关系。它考察了身体如何在不同的空间和环境中存在和运动，并通过空间和环境塑造身体经验和身份。这种研究还可以涉及身体与城市、自然环境和社会环境之间的相互作用。文学叙事中的身体形象和感受是丰富多样的。它们不仅展示了人的内心世界和情感复杂性，还承载着个体存在、自由追求和社会背景的象征意义。通过描写人物的身体经验、感知和行动，读者能够更深入地了解他们的情感、意识和命运。无论是揭示主人公的自我认同和挣扎，还是探讨社会背景和道德困境，身体在文学叙事中都具有重要的地位和功能。

这些文学作品中的身体描写通过感官的细腻描述、情感的表达和行动的呈现，将读者带入人物的内心世界，让他们能够共情和共鸣。身体成为一种语言，以独特的方式诉说着人物的故事，展现他们的欲望、痛苦、挣扎和追求。通过身体的叙事，这些作品深化了人物形象的立体感，使其更加真实和具体。此外，身体在文学中还可以被作为表达情欲、心理扭曲和病态爱慕等复杂情感和心理状态的手段，通过对身体感受的描绘和身体行为的描述，展现人物内心的黑暗面和矛盾性。这种身体叙事的方式能够引发读者的思考和探索，让他们对人性的复杂性和道德困境有更深刻的体验和思考。在这些作品中，作者通过对角色的身体特征、感觉和行为的描写，展示了他们的情感、意义和思想。同时，身体在这些作品中还承载着象征意义，塑造了角色的身份和意识形态。然而，需要注意的是，身体叙事的具体形式和意义在不同的文学作品中会有所不同，因此在具体的作品中还需要进行深入的阅读和分析。

身体叙事研究还涉及身体性别、性别身体化和性别表演的议题。它考察了性别身体化对文学作品中角色性格和行为的影响，以及性别身体化如何被用来表达和塑造性别身份和性别关系。这方面的研究还关注了身体的权力动态，包括性别、种族、阶级和身体残疾等方面的身体特征对权力关系和社会结构的影响。当涉及身体与空间和环境之间的关系时，文学作品涉及身体叙事研究中的身体与城市、自然环境和社会环境之间的相互作用，他们是重要的叙事元素。通过对身体在不同环境中的存在和运动的描写，展示身体与空间的紧密关系，以及环境如何塑造个体的身体经验和身份认同反映身体对环境的适应和抗争，以及身体在特定环境中的意义和价值。

身体叙事研究是文学研究中的一个重要领域，它关注文学作品中对身体感知、身体经验和身体存在的描绘和呈现，通过对身体在文学作品中叙事方式的把握，可以揭示文学作品中关于身体、性别、权力和空间等议题的意义和表达。文学叙事中的身体描写具有丰富多样的表达方式，它可以通过感官经验、情感表达和行动展示人物的内心世界、个体存在和社会背景。身体成为一种象征和语言，以独特的方式诉说着人物的故事，深化了人物形象的立体感，并引发读者对情感、道德和人性的思考。身体在文学中扮演着重要的角色，为故事赋予了更丰富的层次和意义。20世纪之前的文学史叙事中，身体作为一个难以界定的存在物在不同文化和语言中被赋予了多重意义。它在文学中被描绘、探索和解读，为观众提供了对身体和人类存在的不同视角的理解。身体叙事研究的方法和理论涉及文本分析、叙事理论、身体语言学、性别研究、社会学和人类学等多个学科。研究者可以从不同的文学作品中选择样本，并通过对文本的分析和解读来揭示身体叙事的模式、主题和意义。身体叙事研究探讨文学作品中的身体形象、动作、感觉和感知的描述。它关注角色的身体特征、姿态、行动和运动，以及角色如何通过身体表达情感、意义和思想。这种研究还探讨了身体语言在文学作品中的功能和象征意义，以及身体形象如何塑造角色的身份和意识形态。

总体而言，从18世纪开始，文学中的身体叙事逐渐得到重视，并丰富了作品的主题和意义。进入19世纪后，人们对身体在叙事中的描绘和叙事方式的关注不断增加。在现代主义和后现代主义文学中，身体叙事得到了进一步的发展和探索。现代主义作家如詹姆斯·乔伊斯（James Joyce）和弗朗茨·卡夫卡（Franz Kafka）等，通过内心意识流和错综复杂的叙事结构，呈现了人类身体与时间、记忆和意识的交织关系。身体叙事不再只是对外部世界的描写，而是与个体内在经验紧密相连的一部分。在现代主义文学中，詹姆斯·乔伊斯和弗朗茨·卡夫卡的作品体现了身体叙事的进一步发展和探索。他们通过独特的叙事技巧和复杂的叙事结构，探索了身体与时间、记忆和意识之间的交织关系。

詹姆斯·乔伊斯的代表作品之一是《尤利西斯》（*Ulysses*），这部小说以一天内发生的故事为背景，运用多种叙事技巧和意识流，呈现主人公们的内心世界和身体感知。小说中，乔伊斯通过描写角色的身体感官、感受和动作，将读者引入他们的意识流中，创造出一种身临其境的阅读体验。身体成为表达情感、意识和记忆的媒介，与时间和意识紧密相连。弗朗茨·卡夫卡的作品也强调身体与意识的交织关系。例如，《变形记》（*The Metamorphosis*）讲述了一个人突然变成了巨大的昆虫，通过这个怪异的身体变化，卡夫卡探索了个体与社会、家庭和身份之间的紧张关系。身体的变化成为对个体意识和存在的冲击，揭示了社会和家庭对个体身体的控制和压迫。这些作家的作品突破了传统的线性叙事结构，使用内心意识流、错综复杂的叙事结构和多重视角，呈现了人类身体与时间、记忆和意识之间错综复杂的关系。身体不再只是外在世界的描写对象，而是与个体内在经验紧密相连的一部分。他们通过对身体的感知、感觉和运动的描写，探索了人类存在的深度和复杂性。这些现代主义作家的作品对后来的文学发展产生了深远影响，推动了身体叙事在后现代主义文学中的进一步发展和探索。

后现代主义文学进一步拓展了身体叙事的边界。现当代思想家如米歇尔·福柯（Michel Foucault）、让-吕克·南西（Jean-Luc Nancy）等，关注了身体与权力、知识和社会结构的关系。他们提出了关于性别、身份政治和身体政治的理论，认为身体是社会建构的一部分。身体叙事成为对权力关系和身份认同进行批判和解构的工具。米歇尔·福柯和让-吕克·南西是后现代主义文学中关注身体与权力、知识和社会结构关系的重要理论家。米歇尔·福柯的作品涉及广泛的身体叙事议题，其中最为重要的是他关于权力和知识的理论。福柯认为权力是通过知识和身体的规训和控制来实现的，他探讨了身体如何成为权力关系的对象和表达。在《规训与惩罚》（Discipline and Punish）中，福柯通过对监狱系统和惩罚机制的研究，揭示了身体如何受到规训和正规化的影响，以及身体如何成为权力关系的对象。

福柯的理论还涉及身体政治的议题，他认为社会对身体的控制和规训在塑造和维持权力关系方面起着重要作用。他对性别身体化和性别规训进行了深入的分析，揭示了性别如何成为社会权力机制的一部分。福柯的理论启发了许多后现代主义作家和学者对性别身体化和身份政治的研究。让-吕克·南西是另一位对身体叙事有重要贡献的后现代主义理论家。他的作品强调身体与社会结构和语言之间的关系。南西认为身体是社会建构的一部分，身体通过语言和符号系统被赋予意义和价值。在《身体与共同体》（Corporeity and Community）中，南西探讨了身体如何与身份认同和社会关系交织在一起，以及身体如何通过语言和符号来塑造和表达身份。南西的理论提出了身体政治的概念，他认为身体是一种政治性的存在，通过身体的存在和表达来参与权力和社会关系的建构。他的理论对后现代主义文学中关注身体和身份政治的作品产生了深远影响。

这些理论家的作品和理论拓展了后现代主义文学中身体叙事的边界。他们关注身体与权力、知识和社会结构的关系，提出了关于身体政治和身份认同的理论，为后现代主义作家和学者提供了批判和解构权力关系的工具。通过他们的研究和思考，后现代主义文学中出现了许多作品，以身体叙事为核心，探索权力、身份和社会结构的批判性议题。比如女性主义作家玛格丽特·阿特伍德（Margaret Atwood）的小说《使女的故事》（The Handmaid's

Tale），该小说描绘了一个极权主义社会中女性身体被政府控制和剥夺权利的情景。故事以主人公的身体经验为中心，展示了身体如何成为权力施加和压迫的对象，以及如何通过身体表达和塑造性别身份。阿特伍德的小说将身体政治和性别政治紧密结合在一起，探讨了身体和权力关系的复杂性。另一个例子是美国作家唐·德里罗（Don DeLillo）的小说《白噪音》（White Noise），该小说以现代消费主义社会为背景，通过主人公的身体感知和感受，揭示了身体与科技、媒体和环境之间的关系。小说中，身体成为个体与环境相互作用的媒介，通过对身体的描写和感知，探索了现代社会中身体与权力、科技和环境的交织关系。

这些作品通过身体叙事呈现了身体与权力、性别、身份和社会结构之间的复杂关系。它们以批判的视角探索了身体政治和身份认同的议题，挑战了社会中存在的权力不平等和身份压迫。同时，它们也呈现了个体身体的力量和抵抗的潜力，通过对身体的描写和表达，传达了个体的经验和存在的复杂性。这些作品丰富了后现代主义文学中的身体叙事，并为读者带来了对社会结构和权力关系的深刻思考。当代文学中的身体叙事更加多元化，涉及更广泛的议题和叙事形式。一些作家关注身体与性别、性别身体化和性别表演的关系，探索了性别认同和性别规范对身体经验的影响。一些作家关注身体与种族和文化的交织关系，探索了身体在种族认同和文化认同中的角色。在当代文学中，有许多作家关注身体叙事的多元化，并涉及性别、种族和文化等议题。奇玛曼达·恩戈齐·阿迪契（Chimamanda Ngozi Adichie）的小说《半轮黄日》（Half of a Yellow Sun）讲述了尼日利亚内战期间的故事，以多个角色的视角展现了身体与种族和文化的交织关系。作品中，阿迪契通过对人物身体特征、姿态和行为的描写，呈现了尼日利亚社会中的种族和文化差异对个体身体经验的影响。她深入探讨了种族认同和文化认同如何塑造个体身体感知、行为和身份，以及种族和文化之间的紧张关系。肯尼亚·巴里斯（Kenya Barris）的剧集《黑人一家亲》（Black-ish）是一部以幽默方式探讨种族、文化和身份议题的电视剧。剧集通过讲述主角安德烈·约翰逊及其家人的故事，揭示了黑人社群中身体与种族认同的关系。剧集通过安德烈的身体经验和他对黑人文化的表达，探索了种族身体化和文化身体化对个体身份认同的影响。同时，剧集还以幽默和温情的方式探讨了种族和文化之间的对话和理解。

这些作家和作品以不同的方式展现了当代文学中身体叙事的多元化。他们关注了身体与性别、种族和文化等议题的关系，并通过作品中的人物和情节，探索了这些议题对个体身体经验和身份认同的影响。这些作品为读者带来了对身体与社会关系的深刻思考，丰富了当代文学中的身体叙事领域。当代文学中还有许多其他作家和作品探索身体叙事的多元议题。这些作家和作品呈现了当代文学中丰富多样的身体叙事形式和议题。他们通过对身体经验的描写和探索，帮助读者深入思考身体与性别、种族、文化和个体经历之间的关系，并展现了身体叙事的力量和复杂性。一些作家通过身体叙事来关注身体与环境、自然和技术之间的相互关系。他们关注身体在日常生活中的感知和感受，以及身体在面对环境变化和技术发展时的变化和适应。这些作品呈现了身体与自然、城市和虚拟空间的联系，并提出了对环境伦理和技术伦理的思考。本雅明（Benjamin）的观点是，写一部小说就是将人的存在中的不协调推向极端。石黑一雄一直关注权力问题，这是他生存和写作中一直持续的重要议题。权力普遍存在于各种社会形态中，并呈现出多样的面貌。通过研究权力的运作方式，通过权力—空间模式、权力—话语模式和权力—身体模式的逐步展开，权力以微妙、隐蔽、合法的形式存在，并获得人们的自愿服从。在石黑一雄看来，当权力最不易被观察到时，它才是最有效的。

福柯和布迪厄（Bourdieu）对权力问题的思考和阐释具有深远的影响。福柯认为社会始终处于权力关系的紧张对峙中，权力关系无处不在，深入到社会的深层。布迪厄认为整个社会由权力斗争所造成的各群体之间的张力关系网组成。权力关系必然引发不断的斗争，每个人都处于一部分人对另一部分人的战争之中，没有中立的主体。石黑一雄的小说正是呈现了这样的景象。权力随时对人进行监督和控制，最终目的是将每个人置于权力的控制之下，将人变成权力的产物。在看似平凡琐碎的日常生活中隐藏着权力冲突和斗争。权力的触角遍布社会的各个角落。为了有效地运作，权力首先从人的空间分配入手，通过分割、封闭、命名、改写等方式来执行其意图。作家通过身体叙事在作品中关注身体与环境、自然和技术之间的关系。他们通过描写身体感知和身体变化，探索了人类与自然、城市、虚拟空间和技术之间的联系和互动。这些作品激发了人们对环境伦理和技术伦理的思考，并呈现了身体叙事在探索人类与环境、自然和技术关系方面的重要性。

　　石黑一雄的文学作品以其独特的风格和思想深刻地揭示了个体与世界、身体与意识之间的复杂关系。通过对身体间性的观察和思考，构建了一个整体的文学世界，将个体和世界融为一体。他的作品激发了人们对自我和他者、人类与世界关系的思考，展示了身体间性哲学思想在文学领域的重要性和影响。

　　石黑一雄的文学作品偶尔给人一种杂乱无章、难以理解的感觉。一些评论家认为他的语言晦涩，难以让读者靠近，这也是现代主义文学的普遍特点。然而，如果我们把他的作品看作是他与世界的对话，甚至是我们自己与世界的对话，去建立起小说叙事中的身体间关系，我们就能更接近石黑一雄所揭示的人类的存在状态和情感。他不仅仅是在创作小说，更是在尝试展现人类生活本身，展现每个人都经历过或正在经历的意识流动。以回归文学本身的态度来看待小说叙事，石黑一雄的身体意识在作品中会更加突显，他的作品不是封闭自足的，其中投射出的世界需要通过读者的阅读才能显现，阅读过程也是构建具有身体间关系的对话过程。

　　身体感受是石黑一雄展现身体间关系最直接的方式，就像语言是作家用来思考的工具一样。文学创作与生活之间存在一种张力，而这种张力通过文学家的身体感受来展现。梅洛-庞蒂指出："我们在电影中看到火车驶来比在现实中看到的要快得多，我们在照片中看到的壮丽山峰在现实中并不那么壮丽。因此，真正以自然为师的画家不能按照现成的规则绘画，他必须绘制出真实世界向他展现的物体。"[①]作家也是如此，石黑一雄在文学中展现对事物的感知，因此他的创作是身体性的，他通过创造不同的小说人物，试图与读者展开对话，在作品中唤起读者所能见到和感受到的共同点。这些见和感受都具有身体性，文学作品通过身体与身体的对话搭建起作家与世界的沟通桥梁。文学作品具有将生命汇聚起来的能力，石黑一雄的小说也同样如此。他试图捕捉生活中的瞬间和经验，将其转化为文字，并通过这种转化与读者进行身体间的对话。

肢体语言在梅洛-庞蒂的身体理论中具有重要意义。通过应用身体间性思想来观察石黑一雄的文学作品，可以发现其在小说中反复呈现的"我"与世界的关系。身体间性的哲学思想突破了本体论的维度，"我"与他人的关系以及"我"与世界的关系都蕴含其中，没有主客之分，"我"看见这个世界的同时，世界也看到"我"。世界与我相互内在于对方之中，在知觉与被知觉者之间没有优越性，只有同时性，甚至延迟性。因此，主体性思维被解构，身体间性的哲学理念确立了起来。通过对身体的描写，这些作品呈现了个体在复杂的社会环境中的反应和抗争。

石黑一雄的小说中常常出现意识流的叙述方式，这种叙述模式模仿了人类思维的流动性和复杂性。人的思维常常是片段式的、断续的，而不是线性和连贯的。石黑一雄在小说中将这种思维的碎片化表达出来，将读者引导到人物内心的迷离世界。通过这种非线性的叙事方式，创造出一个全新的小说形式，打破了传统小说的限制，使得读者能够更深入地感受到人类的思维和情感的复杂性。此外，石黑一雄的小说中也经常出现对时间和空间的模糊处理。将过去、现在和未来交织在一起，打破了时间的线性顺序。将不同的时

[①] 庞蒂曾经用电影和照片中看到的镜头或图像举例，说明任何媒介对现实世界的记录都无法还原本体现象。

间段和地点交织在一起，以展现人类记忆的碎片化和回忆的主观性。这种模糊的时间和空间处理方式使得读者能够更加深入地感受到人类存在的复杂性和多维性。总的来说，石黑一雄的作品展现了现代主义文学的特点，如意识流的叙事方式、时间和空间的模糊处理以及身体感受的重要性。他通过这些手法，将读者带入他创造的文学世界，并与读者建立起身体间的对话。通过与作品的互动，读者可以更深入地理解人类存在的复杂性和多样性，进而反思自身的生活和经验。

第四节　石黑一雄小说研究综述

当经济和文化全球化时代来临，跨国旅行和跨文化生活变得常见，拥有双重和多重文化背景的移民和流散作家在全球文坛扮演着越来越重要的角色。2017年诺贝尔文学奖得主石黑一雄是一位备受重视的日裔英国作家，其在英国文学界与维·苏·奈保尔（V.S. Naipaul）和萨尔曼·拉什迪（Salman Rushdie）并列为"英国文学界的三位移民巨匠"。石黑一雄擅长用优雅、细腻、节制的语言叙述记忆、历史、个人与社会之间的互动关系，被誉为"寻觅旧事"的高手。[①]迄今为止，石黑一雄已经发表了七部长篇小说、一部短篇小说集以及数篇短篇小说。他的作品已被翻译成30多种世界主流语言，在全球范围内产生了广泛的影响。自1982年发表第一部长篇小说《远山淡影》（*A Pale View of Hills*）以来，他的作品一直备受国外评论界的关注，成为研究的热点。国外对他的研究相当丰富，涵盖的研究领域也非常广泛，主要包括以下五个方面：叙事风格和叙事机制的研究、移民身份和双重文化的研究、国际主义写作的研究、历史主题的研究以及记忆主题的研究。随着石黑一雄作品在国内的翻译和引介，国内对石黑一雄的研究自21世纪开始

---

① 邱华栋.石黑一雄：寻觅旧事的圣手[J].西湖，2009（09）：92-97.

迅速发展。但与国外相比，国内的研究相对滞后和单薄，主要集中在叙事艺术、记忆主题、伦理主题和身份主题四个方面。

一、国外对石黑一雄的研究

目前，国外公开发表的主要期刊文章有数百篇，此外还有十多部研究专著、数部论文集和数十篇博士论文，时间跨度从20世纪80年代至21世纪初。这些专著主要是针对石黑一雄单部作品进行个案研究，而对于整体主题下对石黑一雄作品的研究较为少见。[①]在博士论文中，较多的是将石黑一雄的作品与其他作家的作品进行比较研究，而专门以石黑一雄为研究对象的论文相对较少。总体而言，国外对石黑一雄的研究可大致分为以下五个方面。

叙事风格和叙事机制的研究。石黑一雄的优雅简洁、克制隐忍的写作风格吸引了读者。学者们对他巧妙的叙事手法以及对不同传统文类如游记、政治性回忆录、闹剧、域外小说、侦探小说、科幻小说和传奇等的模仿和挑战进行了关注和研究。一些代表性的研究来自于戴维·洛奇（David Lodge）、马克·沃莫尔德（Mark Wormald）和布莱恩·W.谢弗（Brian W. Shaffer）等学者。洛奇在他的著作《小说的艺术》中以石黑一雄的《长日留痕》为研究文本，论述了其中呈现的"不可靠叙述者"的概念和特点。剑桥大学的沃莫尔德博士分析了石黑一雄小说的叙事机制，认为小说中同时存在着两种相互竞争的叙事动力：一方面，小说叙述者在揭示和坦白，另一方面，小说叙述者又在刻意压抑和隐藏某些事件。石黑一雄研究专家谢弗在他的著作《理解石黑一雄》中分析了石黑一雄小说中第一人称叙述者所采用的"自我防御机制"[②]，认为主人公是通过各自的主观叙事策略来为过去犯下

[①] 邱华栋. 石黑一雄：寻觅旧事的圣手[J]. 西湖, 2009(09)：92-97.

[②] BRIAN W S. Understanding Kazuo Ishiguro[M]. Columbia: University of South Carolina Press, 2008: 7.

的错误辩护。

移民身份和双重文化的研究。石黑一雄是一位具有日本和英国背景的移民作家，他的作品常常涉及移民身份和双重文化的议题。许多学者将其作品视为探讨移民经验、身份认同和文化交融的重要文学资源。这方面的研究关注石黑一雄小说中移民主题的呈现，探讨移民作家在跨越不同文化之间的生活和创作中所面临的挑战和体验。石黑一雄的作品引起了国外学者的广泛关注，并成为移民文学研究的重要对象。研究者们从不同角度探索石黑一雄作品中的移民身份、双重文化和文化认同问题，并分析他的小说如何反映了全球化时代的移民现象和文化冲突。这些研究为理解石黑一雄作品中的移民主题提供了深入的洞察力。

国际主义写作的研究。石黑一雄的作品常常涉及全球性的议题和人类共同的关切。他的小说以广阔的视野和国际化的写作风格描绘了世界各地的历史和文化，体现了国际主义的精神。许多学者对他的国际主义写作风格进行了研究，分析他如何通过文学作品传达全球意识和跨越国界的价值观。石黑一雄的作品在国际文坛上广受欢迎，为国际主义写作研究提供了重要的案例。

历史主题的研究。石黑一雄的小说常常涉及历史和记忆的主题，他通过叙述个人故事和回忆来探索历史事件对个人和社会的影响。许多学者对他的作品中的历史主题进行了研究，分析他如何运用历史元素来揭示人类存在的深层次问题，并反思历史的意义和影响。石黑一雄的作品在历史主题方面具有独特的魅力，为理解历史叙事和历史记忆的文学表达提供了丰富的案例。还有将石黑一雄小说与其他同类作家在历史主题下进行的比较研究。例如，在博士论文《文学中的战时平民——当代英国小说与新战争小说》（*Literary Non-combatants: Contemporary British Fiction and the New War Novel*）中，专辟一章探讨了《远山淡影》中的战争叙事和核暴力。

记忆主题的研究。石黑一雄的小说经常涉及记忆、遗忘和回忆的主题，他探索了个人和集体记忆的复杂性。学者们对他的作品中的记忆主题进行了深入研究，分析他如何通过叙事手法和文学结构来揭示记忆的重要性和人类记忆的脆弱性。石黑一雄的作品常常以回忆和追忆的方式构建故事，通过个人和集体的记忆来探索人类存在的本质和意义。他的小说中的记忆主题引发了学者们对记忆理论、历史记忆和个人身份认同等方面的研究。石黑一雄的叙事技巧和对记忆的探索为记忆研究提供了丰富的案例和思考。

总体来讲，国外对石黑一雄的研究较为丰富，涵盖了叙事风格、移民身份、国际主义写作、历史主题和记忆主题等多个方面。研究者们从不同的视角和学科背景出发，探讨了石黑一雄作品中的重要议题和文学特点。然而，国内对石黑一雄的研究相对滞后和单薄。国内的研究主要集中在叙事艺术、记忆主题、伦理主题和身份主题等方面。虽然进入21世纪后，国内研究有所发展，但与国外相比仍有差距。国内研究者有必要加强对石黑一雄作品的深入探索，拓宽研究视野，与国际学术界保持交流与合作，为石黑一雄研究的发展做出更多贡献。

石黑一雄的小说与他的人生经历可以从历史批评和传记批评的角度进行综合研究，将叙述者的权力基础、叙述者的个性与价值观、作者的创作背景与文本叙事之间的关系等方面相结合，以使石黑一雄小说叙事学层面的研究更为丰满和全面。他的移民出身和双重文化也是学界研究的一个热点。评论界从关注他早期作品中的双重文化背景和小说中的日本性、英国性和欧洲性开始，将其作品进行文本细读，将石黑一雄的文学思想和文化观念放置于当时的历史语境中，并从发展的、多元的角度进行整体观照，以获得更全面的理解。但随着作品的发展，人们开始关注其小说中的英国性和欧洲性。石黑一雄受到欧洲文学传统的影响，他的作品展现了多种文化的特质。

此外，石黑一雄倡导的写作理念是"国际主义写作"，这与他自身的移民身份密切相关。石黑一雄的国际主义写作倾向是在其作品发展过程中逐渐形成的，并不是从小说创作之初就具有的。研究石黑一雄的国际主义写作需要将其全部作品视为一个整体的、动态发展的过程来观察。石黑一雄的小说中也包含历史主题。除了实验性小说《无可慰藉》之外，他的大部分作品都涉及正在经历大规模社会变革的历史转折时期。通过从历史角度研究石黑一雄及其小说，可以揭示小说中的历史元素，并将其与作者的个人经历和当时的社会背景联系起来，深入探讨小说中的历史主题。总之，对石黑一雄的小说进行综合研究，需要从历史批评和传记批评的角度，结合石黑一雄的人生经历、移民出身和双重文化、国际主义写作以及历史主题等方面进行分析，以获得更丰富和全面的理解。

二、国内对石黑一雄的研究

国内学者对石黑一雄的研究起步较早（始于1987年），但发展相对缓慢，不过近年来研究成果逐渐增多。与国外的研究相比，国内的研究更加重视石黑一雄小说的伦理主题和身份主题。这体现在国内研究中对石黑一雄小说中伦理和道德问题的关注，以及对主人公身份认同和自我建构的研究。国内研究者通过分析石黑一雄小说中的情节和人物形象，探讨作品中的伦理困境、道德选择和人性探索等问题。此外，他们也关注石黑一雄小说中主人公的身份认同和自我建构，研究小说中的身份主题以及主人公如何在历史、记忆等因素的影响下形成自己的身份。

2011年以后，随着译介的发展，研究开始升温。2017年，石黑一雄获诺贝尔文学奖，迅速掀起了研究他的作品和文学风格的热潮。目前，国内的专著大多脱胎于博士论文，因而多为专题研究。国内学者如梅丽的《危机时代的创伤叙事：石黑一雄作品研究》、王烨的《石黑一雄长篇小说权力模式论》等多从国家化写作、移民语境、创伤视角、历史叙事等讨论身份、人类生存境遇、他者与权力等问题。国内有关石黑一雄及其作品的研究更多关注宏大叙事，倾向从后殖民、文化研究、社会霸权建构等方面诠释作品。

石黑一雄的小说叙事艺术是国内学者关注的一个研究领域。除了运用叙事学理论研究他的小说的叙事形式外，学者们还着重研究了他小说中的几种艺术手法，如象征、反讽和特殊意象等。在象征方面，学者鲍秀文、张鑫在《论石黑一雄〈长日留痕〉中的象征》一文中指出，小说中虚幻的空间环境、指向过去的田园时光以及思索自我身份的人物形象反映了石黑一雄非西方的文化身份和视角。他通过人物与环境之间的象征性关系揭示了田园神话和帝国身份在当代文化背景下的虚幻性。在反讽方面，学者张平在《论〈长日留痕〉中的多重反讽与男性气质》一文中认为，石黑一雄通过言语反讽、情境反讽和结构反讽批判了小说中的社会等级制度和男性支配体制，以反讽展开对人性、阶级和文化的反抗。

此外，还有学者分析了石黑一雄作品中的不同意象，包括服饰、房子、建筑、空间等。例如，王卫新在《试论〈长日留痕〉中的服饰政治》一文中，分析了小说的中心意象"服饰"，指出小说中英国男管家视服饰为尊严和职业性的标尺，试图以服饰掩盖自己不光彩的历史，压抑真实的自我。现有研究多集中于《长日留痕》等几部小说，对其他小说的研究有所忽略，并且研究视野相对狭窄，结论呈同质化倾向。

石黑一雄的小说还涉及记忆、伦理和身份等主题。在记忆主题方面，国内学者从创伤理论视角研究了小说中的创伤记忆，包括个体创伤、群体创伤和文化创伤。他们也关注小说中反映的社会记忆，如英帝国的往事和中国殖民历史等。

除实验性小说《无可慰藉》之外，石黑一雄大部分小说的历史背景都是正在经历大规模社会变革的历史转折时期。因此，许多研究者都注意到其小说中的历史元素。一些评论家从历史角度研究石黑一雄及其小说，其中郑朱雀（Chu-chueh Cheng）、李有成（Yucheng Lee）以及塔林·小熊（Taryn L. Okuma）等学者的研究最为突出。郑朱雀通过细读小说的故事背景，在小说个人事件的缝隙中寻觅重大历史事件，探索日常经历与历史事件的转喻性关联，并通过引入"私小说"的概念，细查每部小说的写作背景和小说出版时的社会语境，指出了石黑一雄创作每部小说的现实动因。①李有成指出，读者透过《远山淡影》叙述者悦子回忆自己的长崎岁月，看到了战后日本民众的社会心理与精神状态。他将小说与作者的移民经历相联系，指出石黑一雄有意借小说重新唤起他对故国日本日渐消逝的记忆。②

此外，他认为《远山淡影》是一部"英国战争小说"，并结合战时日本平民遭受原子弹袭击及其后续影响的史实，指出小说通过叙述战后重建的经历，表达了对战争和暴力的批判。③从历史角度研究石黑一雄的小说，可以深入了解他对特定历史时期的关注以及这些历史事件对个人和社会产生的影响，有助于揭示石黑一雄小说中的文化记忆、社会变迁和历史意识，为我们理解他的移民经验和后殖民主题提供了帮助。石黑一雄本人曾经是一名移民，这种经历在他的作品中得到了体现。他小说中的角色常常是在陌生的环境中寻找自己身份和归属感的移民者。这些作品通过叙述他们的故事，揭示了个人和社会在移民和后殖民时代的变革中所面临的挑战和困惑。尤其是在战后重建和日本社会变革方面，石黑一雄的小说往往关注战争后日本社会的混乱和人们的生活困境，揭示个人在这个时期中的挣扎和追寻。通过对个人和社会的描绘，他反映了日本社会在战后重建中所面临的问题和挑战。他通过叙述个人的故事和回忆，探索了个人和社会对历史事件的记忆和解释，提出了对历史记忆和集体记忆的反思和重新诠释。

研究石黑一雄小说中历史主题的学者，关注小说故事内部所涉及的历史背景，还将石黑一雄小说的创作和出版年代与小说主题相联系。这为研究者

---

① 郑朱雀.Shanghai, the Postmodern Spectacle Kazuo Ishiguro for The White Countess [J]. Place, Space, Region and Cultural Identity in Anglo Literatures, Arts and Cultures, 2018, 03: 21-28.
② 李有成.重建过去：论石黑一雄的《群山淡影》[J].台湾长庚人文学报，2008，04（1）：19-32.
③ 李有成.重建过去：论石黑一雄的《群山淡影》[J].台湾长庚人文学报，2008，04（1）：19-32.

提供了翔实的史料，而且还提供了独特的研究思路。值得注意的是，石黑一雄自己在访谈中一再强调，[①]小说的描写就像戏剧舞台布景一样，其中的历史事件只是刻画人物、探讨主题的必要背景，而非小说的主要落脚点。也就是说，石黑一雄创作小说并非意在呈现当时真实的社会历史风貌；小说中的历史只不过是为他的艺术创作提供了一种历史语境，为他探讨个人与社会、历史与文化间的关系提供了一个文学文本的试验场。这就要求研究者在阐释小说时，将社会历史批评与小说艺术批评结合起来，对小说中的历史史实和小说创作进行双重审视，以此揭示出石黑一雄在作品中表现出的具有普遍性和时代性的社会观和历史观。

石黑一雄小说的记忆主题也是学界的研究重点。几乎所有的石黑一雄研究学者都一致认为，记忆才是其小说的"情感内核"。一些评论家运用叙事学和读者反映理论，分析了石黑一雄小说中的主人公如何通过回忆的自我欺骗性语言以及忘却的叙述策略保持各自的尊严和内心的平和。还有学者从记忆的过程切入，研究了石黑一雄小说中的记忆机制。他们借用弗洛伊德的相关概念，分析了石黑一雄小说中个人如何通过"遗忘""追忆"与"释放"打破后悔与惩罚的怪圈，从而揭示了石黑一雄小说中记忆的呈现形式和内在机制。总体而言，国内对于石黑一雄小说的研究近年来取得了一定的进展。国内的研究重点与国外研究基本一致，但在伦理主题和身份主题的研究上更为突出。国内研究者通过不同的研究方法和理论，揭示了石黑一雄小说中的历史和记忆主题，以及人物的伦理和身份探索。

石黑一雄小说的身份主题研究在国内学者中受到了一定的关注。研究者们从多个角度出发，包括文化身份、性别身份、流散与身份认同等，对石黑一雄小说中的身份问题进行深入研究，揭示了作品中人物在不同身份之间的探索、认同与挣扎，以及身份在个体与社会关系中的作用。然而，目前的研

[①] 布莱恩·谢弗, 辛西娅·黄（编). 胡玥译. 石黑一雄访谈录[M]. 上海：上海译文出版社, 2022.

究还存在一些局限性，例如研究视角偏重特定作品或特定方面，整体性和系统性不足。未来的研究可以继续拓展研究视野，深入挖掘石黑一雄作品中身份问题的多样性和复杂性，从而更加全面地理解和解读他的小说作品。

第二章　身体的边界与身份的建构

人类自出生开始，便以身体为载体。母亲的乳汁是生命之流的纽带，婴儿的认知通过五官感受，尤其是口腔触觉的感知。这种认知并非受到文化的塑造或习惯的影响，更不是意识活动的结果。本书主张，人类的认知源于身体本能的提升，是身体力量综合作用的结果。因此，当人逝去时，人们常用"走得安详宁静"来安慰生者，或用英语的"rest in peace"表达对人归于内心和谐统一的渴望。中文用"走"指代离开，以身体的动作表达生命的终止；英文用"rest"（休息）指代离开，以行为的暂停意指逝世。虽然外在的范式只是纯粹的欲望形式，无法使人真正认识自我，但是正是身体的表征和语言给予的边界使得自我批判成为可能，创造出新的生命形式。

第一节　感官经验与身体感知

与过去的二元论范式相反，当代心灵哲学和认知科学基于唯物主义信念，即一切由大脑的物理学决定。帕特里西娅·史密斯·丘奇兰（Patricia Smith Churchland）认为，以目前的科学成果和发展进程来看，大脑负责思考、感受、选择、记忆和计划。在这个阶段，不存在非物质的灵魂或心智以某种神秘的方式与物质大脑相连。来自进化生物学、分子生物学、物理学、化学和神经科学的证据也表明，只有物质大脑和其身体存在，没有非物质的灵魂。中国乃至亚洲儒家文化圈的集体记忆和个人经验是代代相传的文化印记，勤奋、忍耐，注重忠诚、友谊，重视伦理、亲情和道德。无论他们生活在何地，这些因素成为移民者身体中默契的生命印记，外化凸显为亚洲人的行为模式和身体感知。

为什么身体会呈现出各种不同的表征形式？有些身体现象并不会给本人带来明显的酸痛感受，但视觉上对他人产生的观感在一定程度上影响了那些具有不同外貌表征的人的心理活动，甚至可能导致他们产生自卑、消极或抵抗的情绪。中国自古以来就有"外师造化，中得心源"的说法，将艺术表象视为抵达内心世界的媒介，将"心源"置于首位。但是人的感官体验和身体感知是人类认识世界的现实基础。因此，我们需要以身体的边界与身份的建构为题，重新梳理以上内容，探索身体存在的哲学维度。身体表征的多样性和对其敏感的情绪波动引发了关于身体与自我认知关系的思考。情感被认为是记忆所产生的，而身体的器官也可能对情感产生影响，将文化烙印植入身体。这引出了一个问题：身体表征是自然生命的发展过程还是概念成真的具体化表现？除了探究是什么导致人们对身体表征敏感并产生情绪波动，还需要了解这些身体问题是否对人的行为产生影响，以及这些行为表现与身体表征之间是否存在联系。传统观点认为，记忆受个人经历、身体感知和大脑认知方式等一系列因素的影响。比如有的人在心脏移植后，竟需要理智的介入才能重新"爱"上自己的家人。由此可见，心脏器官对人的情感体验产生了影响，这是否意味着情感是一种器官记忆？正如巴特勒（Butler）所说，人体上有着文化的烙印，即"文化操演"（cultural inscription）。[1]那么，身体的表征究竟是自然生命发展过程中的产物，还是扮演后的概念成真的具体化表现？这些身体现象是否影响人对自我的认知（尤其是对于对外貌高度关注的女性而言）？意识和记忆的上传记录使得身体的存在变得不确定，当意识被下载到新的载体时，人是否还是原来的那个人？如果身体可以完全复

---

[1] Butler J. Gender Trouble [M]. New York: Routledge, 1990.

制，并且保留原有的记忆，这样的人是否永恒存在？可复制性使得身体失去了独一无二的特性，这可能影响人的独特意义。探索身体边界与身份建构的哲学维度，我们需要思考身体表征的多样性对自我认知的影响，以及身体与意识、记忆之间的关系。这样的探索将帮助我们更好地理解人类存在的本质，以及身体和身份在构建个体和社会中的作用。

一、感知边界：作为客体的身体

在现象学中，身体被认为是我们与世界相连的媒介，通过身体，我们与周围环境建立联系，并对周围环境进行有限的感知。胡塞尔（Hussel）强调人类主观世界的存在，包括情感、信仰、价值观等，他认为理性无法完全认识世界。庞蒂延伸了海德格尔的现象学，并将身体引入讨论中，认为身体的展开是现象学的展开。康德的纯粹理性建立在自然综合因果律和理性逻辑的感觉/知觉基础上，他认为只有先验自我才能认识世界。康德将情感、信仰和价值观等因素放在一个较弱的位置，强调理性的科学认知。庞蒂将身体视为主体，并认为感知世界的方式存在于先验自我之中。巴迪欧（Badiou）认为将道德律投射到语境中是有积极意义的，他的主体论基于拉康，认为主体不存在于范式中，是不可理解的。列维纳斯（Levinas）强调，只有通过他者的到来，人们才能与之相互交流，但也需要承担对他者的责任。

至于情境（situation），不同人的感知可能得出不同的答案。对于感知的方式，婴儿的认知可能并不遵循规律，而是通过他人的情感感知来获取对世界的认识。对此，成年人的认知方式在某种程度上也可能受到他人的影响。换言之，人类的同理心和群居传统，使得个体生命的感受力和自驱力具有社会属性。具体而言，身体的边界、社会对个体感知的控制、主体的存在等思想和概念涉及人类感知、意识、身体、他者、社会语境等复杂的哲学和现象学问题。

庞蒂是对海德格尔（Heidegger）的现象学进行延伸的思想家。他将身体引入现象学的语境中，强调对肉身的讨论。他不是从意识的角度延伸，而是将身体视为存在者构建好的已知内容，也就是说，他认为感知世界的方式存在于先验自我之中。他举例说，当我们触摸桌子并感知到它是桌子时，这种触感已经是构建好的了。庞蒂指出，我们的身体具有意向性，身体的展开实际上是现象学的展开。正是因为存在身体，才存在一定的偶然性，例如在日常生活中触碰到从未触碰过的东西，从而被带入新的语境。吕克南希（Jean-Luc Nancy）在他的思想中强调了由外向内的过程。他认为，首先要感知自身的边界，将自己的身体视为他者，只有这样才能知道边界在哪里，然后以客体的方式感受身体。他认为个体的身体器官很难感知到自身，因为感知的过程总是向外延伸，趋向于客体化的。只有通过他者的存在和观察，个体才能真正感知到自己的身体。吕克南希经历了两次心脏手术，通过将身体视为他者，他才能感知到自己的身体。从南希的经验来看，身体之所以无法完全暴露，是因为它存在边界和封闭性，这样的边界让我们知道了自己的范式。

吕克南希的思想强调了身体与他者之间的关系。他认为，我们是通过他者的存在来界定自己的身体的，于是他提出了"存在共存"的概念，即我们的身体和他者的身体是相互关联和共存的。只有通过与他者的交互和共享经验，我们才能更好地认知自己的身体和世界。他还关注了身体感受的重要性。他认为，身体不仅仅是一个客观存在，它还具有主观感受和情感体验。身体的感受性是我们与世界互动和体验的基础。他强调了身体感受的情感维度，将身体视为情感体验的场所。在他的思想中，身体和语言也有着密切的联系。他认为，身体是语言的基础，我们通过身体的姿态、表情和动作来表达和传达信息。语言不仅仅是口头表达，它也包括非语言的身体语言。身体的存在和表达在我们的交流和理解中起着重要的作用。现象学思想家对主体、身体和感知的观点各有侧重，从不同角度探讨了人类与世界的关系。康德强调理性认知，胡塞尔关注主观世界和情感因素，庞蒂引入身体的概念，吕克南希强调身体与他者的关系和身体感受的重要性。这些思想家的观点为我们理解人类的感知和存在方式提供了宝贵的思考角度。

石黑一雄在小说《别让我走》中，隐约树立了将身体和灵魂视为独立实体的二元论人类观，同时也将人类还原为以纯粹身体为依托的唯物主义基调。通过转换叙事视角，石黑一雄引导读者深入了解了第一人称叙述者的意识，并促使读者对这些假设进行反思。通过对凯西（Kathy）内心世界的深入描写，读者意识到她的思想和感受与"正常"人类的心理过程和情绪没有区别。通过她怀旧的回忆，读者能够与主人公产生共鸣。叙述者不时使用代词"你"来称呼听众，并假设听众有与她类似的经历，如"我不知道你在哪里，但在黑尔舍姆"；"我敢肯定，在你童年的某个地方，那天你也有过和我们一样的经历"。凯西将听众称为另一个在相似制度化环境中成长的克隆人。初看之下，除了涉及孩子的基因起源和未来前景的秘密外，凯西对黑尔舍姆的怀旧记忆让人想起一所普通但非常隐蔽的精英寄宿学校的生活。通过读者对主人公的认同和共鸣，读者否定了外部人士认为主人公没有灵魂的观点，认为这种观点是荒谬的。相反，通过第一人称叙述者的内在聚焦，读者能够感受到"成为克隆人的感觉"，也就是说，就心理和情感体验而言，它与正常人类相同。

在现代主义的时代和历史背景下，石黑一雄的文学作品表现出对个体与破碎世界之间关系的深刻探索。在这一探索过程中，他坚持认为作家应该将意识完全地展现在纸上，而不过度预设。因此，他独特的叙事方式具有极大的跳跃性和不连贯性。正如艾略特所说，在当时文明的状况下，诗人不得不变得晦涩难懂。[①]当我们将石黑一雄的作品置于身体与世界互动关系的大背景下，身体具有多重含义和功能。首先，身体是感知和感受世界的媒介。通

---

① 托马斯·艾略特. 现代教育和古典文学[M]. 李赋宁, 王恩衷, 译. 上海：上海译文出版社, 2012.

过描写人物的感官经验和身体感受，作者传达了人类与外界的互动和交流。身体成为感知和理解世界的工具，通过身体对外在世界的感受和在触及边界时的身体反馈，人们与周围环境相互作用。其次，身体也是身份认同和个体存在的象征。在石黑一雄的作品中，人们的身体特征和外貌经常被强调，成为他们在社会中被识别和区分的标志。身体的特征和外貌与个人的身份和角色密切相关。这种身体的象征性使得人物在作品中具有独特的个性和存在感。此外，身体还与情感和情绪有着密切的联系。石黑一雄通过描写人物的身体反应和表情，表达了他们内心的情感状态。身体的姿态、肢体语言和面部表情成为情感交流的一种方式，使读者能够更加深入地了解人物的情感体验。最后，身体还承载着欲望和性的表达。在石黑一雄的作品中，身体的欲望和性的表达常常是人物故事中重要的一环。通过描写人物的身体欲望和性行为，作者展现了他们的情感和欲望的复杂性，以及与身体相关的人际关系和权力动态。石黑一雄的文学作品中体现的身体间性哲学思想与梅洛-庞蒂的观点相契合。梅洛-庞蒂在《知觉现象学》中指出，我们与世界的关系并不是简单的主体与客体的对立，而是一种共生的身体间性。我们的感知和知觉是通过身体与世界的相互作用来实现的，没有主客之分。石黑一雄的作品中也体现了这种身体间性的观念，他通过描写人物的感官经验和身体感受，展示了个体与世界相互渗透、相互影响的关系。

在现代主义文学和艺术中，有关身体间性的哲学思想得到了广泛的体现。现代主义作家和艺术家通过拆解和重构语言、叙事和形式来探索个体与世界的关系。他们关注人类存在的复杂性和多样性，试图表达个体在现代社会中的存在和体验。石黑一雄的作品正是在这一背景下崛起的，他通过跳跃性的叙述和多重意义的符号来呈现个体与世界的互动和交流。身体间性的哲学思想突破了传统的主体与客体的二元对立，将个体和世界看作一个整体。它强调个体在感知和认识世界的过程中不仅受到外界的影响，同时也通过自身的感知和行动对世界产生影响。石黑一雄的文学作品体现了这种思想，他通过身体间性的观察和思考,试图与读者进行对话,在作品中唤起读者能够看到和体会到的那一部分共性,这些所见、所体会都是身体性的,呈现了个体与世界的共生关系。他的作品引发了人们对自我和他者、人类与世界关系的深入思考,展示了身体间性哲学思想在现代主义文学和艺术中的重要性和影响。通过他的作品,我们可以更好地理解和体验人类存在的复杂性和多样性。

  石黑一雄在文学中展现对事物的感知,通过与身体的对话搭建起了作家与世界的沟通桥梁。艺术作品与艺术家共在,可以说,艺术作品是艺术家对身体性理解的表征。当人们再次阅读石黑一雄的文学作品时,常常会被他看似杂乱无章的人物行为和意识所迷惑,这种特点也是现代主义文学的普遍特征。一些批评家认为他的语言晦涩难懂,难以让读者产生共鸣,但是当我们意识到他的作品实际上是他与世界的对话,甚至是我们自己与世界的对话时,我们可以建立起小说叙事中的身体间关系,进一步理解石黑一雄所揭示的人类存在和生命状态。从这一角度讲,石黑一雄创作小说不仅仅是为了写作小说本身,而是通过艺术形式展现人类的生活,展现每个人都会经历或正在经历的身体变化和意识流动。如果我们以回归文学本质的态度来看待小说叙事,石黑一雄身体化的写作意识将更加突显出来,他的作品并非封闭而自给自足,其中蕴含的世界需要通过读者的阅读才能显现出来,阅读的过程也是建立身体间对话的过程。

二、先验观念:价值感受的肉体

  在古代艺术中,裸体被视为完美的象征,代表着力量、美丽和神性。古希腊和古罗马的雕塑作品中,裸体雕像被广泛采用,表现了人体的比例和肌肉结构。这些作品凸显了对身体的崇拜,并将身体理想化,这在审美观念上对后世产生了深远影响。"人体""身体"在西方艺术史中扮演着重要角色，艺术家们通过对身体的描绘和探索，包括裸体艺术、肖像画和身体艺术等，探讨了人类的存在、社会问题和个体经验。这些艺术作品展示了对身体观念的转变，以及艺术表达方式的多样性，将观众带入了一个充满挑战和思考的视觉体验领域。随着艺术发展，身体在现代艺术中变得更加激进和富有争议性。行为艺术和身体艺术的兴起使艺术家能够通过身体行为和身体材料来探索身体的极限和社会的边界。这种形式的艺术挑战了传统的审美观念和观众的感知，引发了学界关于身体、性别、权力和身份等议题的讨论。

现如今，身体仍在遭遇以改善为名的改造，甚至是伤害。后现代消费社会的肉体狂欢所表现出的对理性的超越也带动了消费机制下特有的文学和艺术创作。身体成为当代文学创作的重要主题之一，身体展示、性、暴力明目张胆地出现在读者视野中。身体热的蓬勃发展必然带来相应的问题，比如，文艺传播的方式视觉化严重、身体叙事肤浅粗俗、价值取向偏颇等。文学艺术在身体热潮中应以更加积极的姿态抵制这种新形式的规训，呈现更具有深度的身体叙事。石黑一雄对人类身体的关怀实际上为文学中的身体表达提供了一个具有启示性的路径。

身体的概念在不同的历史时期有着不同的定义。社会学家布莱恩·特纳（Bryan S. Turner）将身体与肉体区分开来，认为不同的民族、性别、历史、境遇和文化会塑造不同的身体。然而，这种对身体的定义和态度可以追溯到古希腊时期。从古希腊到中世纪，身体一直处于低级和被动的地位，长期受到道德和伦理观念的限制。苏格拉底认为身体是感觉和享乐的场所，认为与身体的联系越少，人们才能越接近正义。柏拉图将身体置于灵魂的对立面，将其视为通往智慧和真理的障碍。通过洞穴寓言的论证，柏拉图认为身体的感觉会限制认知能力，使人们只能看到洞穴墙上的影子，无法把握事物的本质。基督教哲学将身体视为欲望的容器，主张人类通过克制身体的欲望来达到道德境界，并通过摆脱身体的欲望来赎罪。身体的欲望妨碍了灵魂的净化，从而否定了尘世的价值。长期以来，身心二元论在西方哲学中都占据着主导地位。如冯友兰所说："西洋近代史中，最重要的事情就是'我'的自觉。一旦'我'自觉了，'我'所处的世界就分为'我'和'非我'两个部分。'我'是主观的，'我'以外的客观世界都是'非我'。一旦'我'和'非我'分开了，主观和客观之间就有了难以逾越的鸿沟，于是'我'如何能够认识'非我'的问题就随之产生，于是认识论成为了西方哲学中的一个重要部分。"①

身体并非仅仅是一个固定且预先存在的物质实体，它还是一个在社会关系中不断被建构和生成的文化存在物。因此，身体不仅包含了客观的、物质的、自然的肉体，还涵盖了体验、精神、文化、社会等多个维度。由于身体本身的不确定性和可塑性，对于身体的定义变得多维且模糊不清，人们很难达成共识。石黑一雄的作品与身体和神话的主题紧密相连，尤其是在探索身体的受苦和病态方面。他的作品经常涉及人物的身体经历和心理状态，以及身体在个体和社会中的角色。其作品中经常出现超自然的元素和奇幻的想象力，这与古代神话的艺术传统有一定的共通之处。他的角色常常面临着超越常规经验的神秘事件和存在的困惑。这种超自然的元素使得他的作品充满了象征性和寓言性。

类似于中世纪基督教艺术中对肉体和灵魂的探索，石黑一雄的作品中的人物经历着身体与心灵的矛盾和挣扎。他们面对着宗教信仰、道德困境和存在的意义。身体在这些作品中常常被视为承载着人类生存与信仰之间紧张关系的载体。石黑一雄的作品中经常出现身体的受苦和病态的描绘，这与病态主义艺术传统有一定的共通之处。他的作品展现了人物的身体上的痛苦和心理的困扰。通过对人物身体的描述和情感的揭示，他呈现了人类存在中的痛苦和无奈。这种表现形式引发了读者的共情和对人类存在的反思。通过超自然的元素、宗教的影响以及身体的受苦和病态的描绘，他创造了一个独特的

---

① 冯友兰. 冯友兰选集[M]. 天津：天津人民出版社，1994：21.

艺术世界，引发了读者对生命、死亡、信仰和人性的思考。虽然他的作品并非古希腊和古罗马艺术的延续，但我们可以将他的作品与身体的裸露和美学以及身体的性与欲望进行联系。

第二节　身份认同与自我建构

一、真实的存在：身体特征的感知趋同

21世纪初，一个古老的问题重新出现并引起了学者的关注，即人体与意识的相互关系问题。作家也不例外，文学作品不只涉及了身心关系，也讨论了有关伦理的话题。本节将简要介绍关于该主题的哲学和科学话语，并用石黑一雄的作品举例说明21世纪英国小说处理身体和意识问题的不同文学策略。

关于身心问题的反复讨论产生了这样一个问题：人类的思考行为到底是人的心理活动，还是大脑的物理特征？心灵哲学的这个问题一直困扰着来自不同学科的学者，自勒内·笛卡尔（René Descartes）在17世纪提出"cogito ergo sum"后，他的二元论的方法便开始盛行并持续了几个世纪。直到19世纪末，为了克服二元论，威廉·詹姆斯（William James）开始强调身心之间的强烈互动。

这又指向大量新问题，这些新问题使21世纪身体和意识领域的辩论复杂化。生物伦理学以及作为其分支学科的神经伦理学的一个特殊特征是，对随着生物医学进步而演变的伦理问题的讨论不仅限于学术或哲学话语，而且还引起了广泛的公众关注。社会和媒体的讨论往往集中在该主题的实际、伦理、社会、政治和法律相关性上。在这种学术和公共话语的背景下，文学小说也一直关注着身体和意识的问题。作家对人类意识的关注在20世纪的头几十年达到了顶峰。现代主义时期的特点是对在叙事小说中表现人类意识的可

能性进行了高度实验。21世纪初，作者再次将注意力转向身体和意识的主题。今天，在他们的叙述中思考这个问题时，作家越来越多地关注相关的生物伦理问题。

21世纪的英国小说在很大程度上提高了公众对所谓的身心问题和相关伦理问题的认识。通过对石黑一雄的小说《别让我走》等作品的分析，本节将考察对身体与意识之间的相互关系以及神经伦理问题的文学反思。石黑一雄利用反乌托邦小说的元素创造了一个由生物医学进步塑造的可能世界。本节主要讨论石黑一雄如何利用叙事技巧批判性地反思当前生物决定论与自由意志思想，以及作者如何因此成功地让读者参与伦理思考。

小说《别让我走》在基因工程和克隆争论的背景下展开。第一人称叙述者凯西怀旧地回顾了她在寄宿学校的童年经历，一直到31岁捐献几个器官后濒临生命"终结"的生活。凯西回忆起她和朋友们在寄宿学校黑尔舍姆的童年经历，这是一个独立的世界，与外界的接触有限，孩子们在监护人的教导下成长。石黑一雄描绘了孩子们在寄宿学校童年时期和青春期的田园诗般的画面：友情和初恋的画面，与群体认同相关的情感，儿童和青少年对生活的好奇、对世界的探索以及对他们自己秘密身份的追寻。在黑尔舍姆期间，主角们逐渐意识到他们与其他人的不同。这种差异不断被主人公和他们的监护人提及并在后来公开表达。虽然学生的行为、外表和心理活动没有明显异常，但监护人不断提醒他们，他们是"特殊"的，必须精心照顾自己的身体健康。

与监护人和黑尔舍姆以外的其他人的身体相比，学生的身体被认为是珍贵的。与对他们身体健康的高度重视相反，监护人对孩子的思想和情感健康的关注较少。这种注意力上的差异暗示着孩子们的身体比他们的思想更受到外界关注。类似的，随着叙述者逐渐揭示在黑尔舍姆的孩子与外面的孩子的不同之处，读者终于明白，主角们被带到这个世界上，不是人类自然本能繁衍的结果，而是"被生产"的结果。他们生命的初始和最终意义即"贡献自己"。监护人露西小姐以严酷的细节向青少年们讲述了这些事实。

　　主人公是人为创造的，并逐渐意识到他们是其他不认识的人的克隆人，而寄宿学校的生活旨在培养学生成为器官捐献者。为了保证学生们的身体健康，防止学生们对外面的世界提出问题和产生兴趣，在黑尔舍姆的生活有着严格的规章制度和无数的禁忌。简而言之，黑尔舍姆是一个规范化的"拯救人类生命"体系中的"医疗器官"供应机构，这个机构的作用，就是生产并保证高质量的克隆人身体在某一天会完成"贡献"的使命。在这个过程中，黑尔舍姆的学生被剥夺了人权，包括生命权、自由权和人身安全权，还思想自由、见解和言论自由等。在这些孩子们难得的接触外面世界的过程中，只有发现社会是排斥他们的，人们不认为他们是平等的人，而且十分害怕他们，那么"终结"这些克隆人的生命才更合理、更有人性。小说中，还有了解克隆人生存始末但社会地位低下的监护人，这些监护人展现出了对克隆人的同情。例如，露西小姐辞去了监护人的工作，因为她无法再忍受她所照管的孩子受到的残酷对待，以及整个制度剥夺他们自决和自由的人权。从监护人对孩子的行为可以明显看出，在通常情况下，系统并不期望克隆人表现出强烈的情感感受和进一步的人类性格特征，因为这些特征会表明他们像任何其他人一样具有主观意识。而在黑尔舍姆，女校长艾米丽小姐和另一位神秘的名媛夫人则将学生的教育重点放在艺术欣赏上，培养学生的创造力。夫人会定期为她所谓的"画廊"选出四五件好的创意作品。创造力在黑尔舍姆具有非常高的价值，学生们在黑尔舍姆的评价如何、被喜欢和尊重的程度，都与他们的创造力有关。在寄宿学校严格监管和封闭的系统中，他们的创造力使学生能够满足他们对个人表达的需求。只有在设计和交换他们的创意产品时，学生们才能获得与其他同学不同的个人物品。因此，他们的创造力是塑造个人身份的唯一可能手段。

　　然而，这个体系从上到下都在否认克隆人的任何个性，可以说，整个体系完全专注于克隆人身体的预期利益；作为成年人，凯西和她的朋友露丝及汤米明白，通过评估他们的创造力，夫人试图检测克隆人是否具有与"正常"人类相似的意识。离开黑尔舍姆多年后，当他们发现夫人的下落并向她提出他们的假设时，夫人承认了。但哪怕答案是肯定的，这些克隆人的命运也不会有丝毫改变。

石黑一雄在《别让我走》中创造的世界以广泛的精英主义和等级制度为特征。虽然黑尔舍姆的监护人认为克隆人的身体健康是最重要的，但在离开海尔舍姆后，主角们了解到，与来自其他机构的克隆人相比，黑尔舍姆的学生被认为是精英阶层。在克隆人中，有传言说这些学生可以推迟捐赠，因此比其他人更长寿。

据说学生有资格获得延期的方式是证明他们"真的，正确地爱"了另一个人。因此，为了获得一些自决权，克隆人必须表明他们有灵魂，应该得到更人道的待遇，哪怕只是一点点。石黑一雄在这里描绘了一个等级制度，在这个制度中，人的生命并非平等的，克隆人是身体的"贡献者"。简言之，一部分"人"的存在，是为了另一部分人的身体完整或生命延续。一方面，克隆人的身体受到高度重视，因为他们以后会造福其他"正常"人。他们的身体是达到目的的手段。例如，克隆人的身体健康比监护人的健康更有价值。另一方面，克隆人的精神和情感意识根本没有受到任何关注。克隆人被剥夺了所有人权，拥有极低的社会地位，他们对自己的生活、起源和未来了解甚少。而"正常"人在这个社会中的地位是模糊的：一方面，他们肯定会从克隆人的器官移植中受益；另一方面，小说并没有透露这些人是谁，并不确定虚构世界中的所有人是否都知道克隆人的存在。因此，石黑一雄描绘了一个等级森严的僵化社会体系。许多谜团、矛盾和含糊之处恰恰说明，对身体完整性的维系是社会运转的基础。在石黑一雄描述的这个黑尔舍姆世界里，身体是第一位的。通过第一人称叙事情境和反乌托邦小说类型的文学策略，石黑一雄实现了对身体和意识话语的反思。在反乌托邦小说的框架内，《别让我走》从可能世界的角度提出了关于克隆、身体增强和神经伦理学的辩论。

凭借其反乌托邦小说的特点，《别让我走》将情境置于具有现实特征而不是未来主义的可能世界中，在第一人称叙述情境的帮助下，成功地将故事降低到个人层面。石黑一雄的虚构作品涉及了他对生物医学、神经科学、心灵哲学和许多其他学科的见解。他运用反乌托邦小说的元素来创造一个可能的世界，在这个世界中，人类受益于生物医学的进步，但也衍生出了一个把身体意义发挥到极致的"非人"世界，即黑尔舍姆。这些理念能够使读者批判性地反思当前关于身体和意识的话语以及相关的神经伦理问题。

二、身体的隐喻：《远山淡影》中的记忆自我

石黑一雄的第一部小说是《远山淡影》，虽然并非自传，却反映了他自己的生活环境。他出生在长崎，很小的时候就和父母一起搬到了英国。尽管他认为自己是西方文学传统的一部分，但他承认他的父母一直以日本人的方式处理事情。也正是因为这一点，石黑一雄能够很好地适应英国的生活，同时也能做到理解那些放弃母国，在其他国家开始新生的流亡者的困难和复杂心理。石黑一雄小说的叙事策略，是对移民过程中的创伤性事件和流离失所的再现。本书将讨论其作品的叙事机制与身体性流散的关系。事实上，他笔下的故事中充满了失去或失踪的东西，一种不完整或不确定的感觉，无论是心理上的，还是人物的行为中，抑或是反映在故事建构中的叙事，都从身体视角反映了一种永恒的"失去"。虽然移民通常是一种人口统计学、政治和经济现象，但小说采取了不同的方法，专注于身体以及其承载的情感。小说中，主人公悦子（Etsuko）从女性到母性的象征性迁移，以及她从二战后长崎的艰难生活到英国更舒适的生活的身体适应过程，可能引发了她的创伤。小说没有关注故事的事实方面，而是通过悦子持续的内疚感和不足感来表达她试图通过口头表达来对付过去的鬼魂。石黑一雄错综复杂、模棱两可的叙

述，采用第一人称的书写方式，使其几乎不可能以任何其他方式表达创伤。悦子不可靠的叙述反映了移民过程的复杂性和难以捉摸性，她在曾经是谁和现在是谁之间犹豫，左右为难。

欧内斯特·拉文斯坦（Ernest Ravenstein）提出的"移民法则"是最早试图发展移民理论的尝试之一，他总结了移民背后的客观因素，尤其是经济影响。他认为，不利的环境会迫使人们离开一个国家，而有利的环境则会吸引他们去另一个地方，通常是前往商业或工业中心。然而，这种移民背后的经济逻辑和纯粹的人口学观点未能解释为什么移民往往既是让人充满渴望的，又是具有创伤性的，导致人们对移民持有矛盾的态度，从而引发了对该决定不断重新评估和质疑的持续终生的过程。在石黑一雄的小说中，佐知子的话说明了这一点："'一个人可能在一个地方工作并做出贡献，但当一切结束时'——他耸耸肩，渴望地笑了笑——'在一切结束时，他仍然想回到他长大的地方'。"[①] 换句话说，尽管空间上的迁移可能被视为有限的，从一个特定的时间和地点开始，到另一个时间和地点结束，但迁移背后的心理影响，包括移民本身和其带来的创伤、记忆以及内疚、遗憾和失落的感觉，是不可避免的。

与拉文斯坦的理论相反，石黑一雄的小说将移民视为心理过程，而且是一种创伤性的过程，因此创伤和记忆问题对小说的叙事策略至关重要。战后长崎核弹爆炸的残酷环境和战争的公众创伤及其后果构成了故事的背景。山的苍白景色承载着悲伤和痛苦，为悦子的个人斗争提供了环境氛围。然而，石黑一雄对他所创造的角色更感兴趣，而不是外部环境。他通过这个背景来描绘角色的挫折感，而不是将其政治化。他甚至在与苏南·科尔曼（Suanne Kelman）的谈话中明确表示，他不需要关注历史或事实的准确性，因为他更关注创伤对心理的影响，这似乎比身体或地理环境更具破坏力，但是这

---

① 石黑一雄. 远山淡影[M]. 上海：上海译文出版社，2011：185.

种创伤又是通过身体记忆逐步显现的。①因此，他创造了一个不可靠的叙述者，借助叙述者之口提出了许多问题，包括人们如何记住（创伤）过去以及他们如何通过选择性的身体记忆来表达和感知自己。过去在悦子的叙述中显得十分模糊，而且凸显了她身份的模糊性和认知上的困惑。这表明，小说更关注人物的生活方式，以及他们如何记住过去，而不是描述外部环境。对于悦子来说，移民、母性和婚姻等问题似乎都交织在一个复杂的创伤经历中。她无法将一个问题与另一个问题分开，尽管每个问题都被视为一种不同类型的创伤，但它们被视为整体创伤经历对她的生活产生影响。为了表达这一点，石黑一雄选择了不可靠的叙述方式，挑战读者在修辞、认知和情感上的理解能力，并同时提供了悦子身体反应和思维过程的合理表现。

悦子身体和心理创伤的复杂性和模糊性使人们对创伤的原因有多种解释。一些研究者认为，母性问题揭示了小说的意义，认为悦子对母亲的角色感到困惑，尤其是她无法直接表达怀孕和做母亲的负面情绪。然而，其他学者则认为，悦子无法处理过去的创伤经历是关键因素。肯·埃克（Ken Eckert）特强调战后日本逃避和镇压的文化因素是导致悦子不可靠叙述的关键原因。②正如本书所假设的那样，如果将母性、过去和战后日本的情境视为创伤性的因素，那么石黑一雄模棱两可的叙述允许这些解释同时存在。因此，无论是什么导致了悦子的创伤，她过去的事件的模糊性与创伤叙事的本质是一致的。具体而言，对她第一次婚姻真相的回避、导致景子抑郁和自杀的可能因素，以及关于佐知子和万里子身份的不确定性，这些都在悦子向女儿妮基复述她们的故事时得到体现，这表明悦子试图通过回忆和叙述来处理她的创伤，但同时也揭示了她对过去的逃避和无法释怀。

---

① KELMAN S. Conversations with Kazuo Ishiguro [M]. Toronto: University Press of Mississippi, 2008: 42–51.
② ECKERT K. Evasion and the Unsaid in Kazuo Ishiguro's A Pale View of Hills [J]. Partial Answers: Journal of Literature and the History of Ideas, 2021, 10 (01): 77–92.

在《远山淡影》中，石黑一雄通过创造不可靠的叙述者，展现了创伤记忆和叙事的复杂性。这种不可靠的叙述不仅是受到创伤事件影响的结果，还具有生活中常见的缺陷性和模糊性。然而，这种不可靠并不能阻止对创伤的叙述，即使这意味着对创伤情境的主观解释，也值得怀疑和思考。正如维恩·布斯所说，叙述是一门艺术，作家所做的选择是出于艺术而非道德。[①]不可靠叙述者的缺陷更加真实地反映了生活的复杂性，同时帮助读者更好地理解故事。在这方面，石黑一雄的不可靠叙述允许多种解释并存。

通过深入探讨悦子复杂的创伤和模糊叙事，读者可以对创伤的多重影响有不同的理解。一些观点认为母性问题是小说的关键，强调了悦子对母亲角色的矛盾感和负面情绪。然而，其他观点认为悦子无法处理好过去发生的一切。支持这一观点的学者认为，悦子对回忆的茫然更值得注意。由于战后日本的逃离和压抑氛围对悦子的记忆产生了巨大影响，小说中悦子的叙述自然而然被认定为"不可靠"。这些不同的观点共同构成了对悦子创伤的解释。总而言之，石黑一雄的《远山淡影》呈现了创伤记忆的局限性和记忆的模糊性，同时探索了个人创伤经历的多个方面。这种不可靠的叙述引发了多种解释，使读者能够更深入地理解和体验故事中的情感和意义。最重要的是，石黑一雄的作品提醒我们，创伤记忆和个人叙事并非绝对可靠，而是受到主观解释和环境因素影响的。通过研究这一主题，读者可以更好地理解创伤经历的复杂性，并思考记忆和叙事对个人身份和理解的影响。

---

① BOOTH W C. The Rhetoric of Fiction [M]. New York: Penguin, 1991.

第三章 "浮世"的在场与驯顺的身体

第一节 主体身体的"浮世"表征

一、身体焦虑：情感、地位与关系

石黑一雄是一位备受赞誉的日本作家，他的作品以其深刻而引人思考的主题而闻名。其中，身体焦虑是一个在他的作品中频繁出现的主题。通过对石黑一雄作品的分析，我们可以发现情感、地位与关系等方面是如何与身体焦虑相互交织的。本节旨在探讨石黑一雄作品中身体焦虑的重要性，以及它对人物情感、社会地位和人际关系的影响。就像18世纪的文学作品开始关注性别身体化和性别表演的议题一样，一些女性作家通过描绘女性角色的身体经验和身体权力关系，探索了性别在社会中的地位和权力动态。正如西方基督教传统深深扎根于他们的身体和血液中一样，东方文化中的人体也自然地融入了儒释道的精髓。当文化的力量深入人心时，事物之间的界限似乎变得无法感知，但总有些微小的错位使人无法完全适应传统。这种焦虑和困惑不仅带来了心灵上的迷失，还经常伴随着身体上的纠缠。人体的病变、皮肤疾病等问题往往源于此——在个体所处的集体文化语境与探寻自我的矛盾中，总是有一种紧紧拧合两者的揪心力量，最终形成身体上的变化。或许只有当集体的范式得以拓展时，人类才能在相对自在的状态下舒展身体。人体内积聚着太多难以找到源头的压力，人们甚至不愿意了解内在的自我。在社会语境中，人们试图封闭内在的自我，不愿向外界展示，警惕地排除一切与已有认知不符的事物，但那些"独特"的事物真的被我们忽视了吗？还是说，它们以一种不同的方式潜藏在了我们的内心深处，隐匿在了那个只属于内在自我的小角落？

文学就像是一个身体内部的小精灵，偶然间穿梭到意识的深处，发现了人们似曾相识却无法言说的相似遭遇。身体的戒备好像突然间消失，人们进入了一个截然不同的空间，仿佛胸口那个混沌可怕的小石头被搬开了。通常来说，身体焦虑产生于自我想象和身份认同的矛盾表征。人们试图通过哲学和神学来摆脱面临生老病死时的恐惧，但石黑一雄却以令人惊讶的方式吸引着读者的注意力，不是通过揭示一个邪恶的计划来让人震惊，而是通过一个特殊的存在来表达人性的迷人之处。

（一）情感与身体焦虑

石黑一雄的作品中经常探讨人物内心的情感和身体焦虑之间的关系。身体焦虑指的是因对自身形象的不满或担心他人评价而产生的身体功能障碍、身体表征的突变以及行为方式的反常。通过描绘人物对自己身体的关注和困扰，石黑一雄在作品中展现了情感与身体焦虑之间的紧密联系。石黑一雄作品中的人物常常对自己的外貌感到不满，这种不满会渗透到他们的情感世界，影响他们的自尊心和自信心。身体焦虑也可能导致人物产生疏离感，进一步加剧他们的情感困扰。以《克拉拉与太阳》为例，在小说中，有一些元素令人感到不寒而栗，比如富人的孩子通过虚拟课堂上的屏幕接受教育，这与远程教育流行时代所带来的焦虑、孤独和社会反响有着惊人的相似之处。这些学习方法所带来的影响使小说中描绘的社会看起来并不那么遥远或不可能。

小说中存在着一种明显的奇异感，但这并非来自克拉拉的外貌或行为，而是来自人物角色的努力。在乔西不太可能死亡的情况下，克丽丝和卡帕尔迪试图通过克拉拉使人造乔西复活,并进行可能致命的假肢手术,这类似于摩洛克神的献祭。当卡帕尔迪公开表达对AI的焦虑和沉迷时,他进一步解释了这种焦虑和沉迷。

与传统科技叙事不同的是,石黑一雄小说中的奇异感源于人们对身体的迷恋和焦虑。克拉拉作为一台人工智能机器人,她的外貌和行为并没有引起奇异感,而是人们试图通过她来解决自身情感和社会地位的焦虑。克丽丝和卡帕尔迪试图用克拉拉来弥补失去的孩子,并通过技术手段扭转生死,这体现了人们对控制身体和超越身体极限的渴望。卡帕尔迪对AF的迷恋以及他对科学的怀疑,揭示了人们对自身与技术的关系所产生的焦虑。科学的发展揭示了人类的普遍性,打破了过去基于迷信和错误的社会构建。这种焦虑使人们不断努力,试图找到超越身体的可能性,进而窥探自身的存在和价值。

石黑一雄的《远山淡影》以其细腻的描写和情感深度引人注目,作品中的身体焦虑是一个重要的主题,涉及情感、地位和关系等方面。小说通过描写身体的感知和交互,使人物在情感上呈现出焦虑和不安,从而反映了人物身体与情感之间的紧密联系,揭示了个体在社会地位和身份构建方面所面临的挑战。作者通过描写人物的身体外貌和行为,使读者观察到不同角色的情感流露和焦虑心理。感官经历在作品中也发挥了重要的作用。通过观察和感知他人的身体变化、面部表情等,人物对情感和关系产生了不同程度的回应。例如,女主人公悦子对佐知子的注视感到尴尬,导致她产生了一种紧张的笑声。感官的欺骗性也被揭示出来,如女主人公最初以为佐知子女儿脸上的是伤口,后来发现只是一块污迹。这些情节凸显了人物对感官经历的敏感性,以及对他人反应和自我形象的反思。

此外,作品中的空间感知也与身体焦虑密切相关。当女主人公首次进入佐知子的小屋时,她感受到一股潮湿的气味,并注意到大部分地方都笼罩在阴影中。这种空间的感知反映了人物内心的不安和压抑,也暗示了他们与周围环境的脆弱联系。身体与空间之间的互动揭示了人物在陌生环境中的身份焦虑和对安全感的渴望。事实上，石黑一雄作品中的身体焦虑贯穿整个作品，从情感、地位和关系等多个角度展现出来。通过感官经历、空间感知和身体本能反应，作品深入探讨了身体焦虑对人际关系和情感交流的影响。石黑一雄通过精心构建的情节和描写，使读者更深入地理解了身体焦虑对个体和社会的影响，引发了读者对情感、地位和关系的思考，也体现了人们在现代社会中对身体的焦虑和迷恋。通过探索人与技术、性别身体化和社会地位的关系，小说展现了人们在追求超越和控制身体的过程中所面临的困惑和挣扎。这种身体焦虑的表达使读者对自身的身体与情感状态进行反思，并思考身体在当代社会中的地位和意义。

（二）地位与身体焦虑

社会地位是石黑一雄作品中另一个与身体焦虑密切相关的主题。在日本社会中，外貌和身体状况常常被用来评价一个人的地位和价值。石黑一雄作品中的角色经常发现自己的身体与社会地位之间存在紧张关系。一些角色因为自己的身体特征而感到自卑，觉得自己无法融入社会的主流。他们面临着社会的歧视和排斥，这进一步加剧了他们的身体焦虑。通过对地位与身体焦虑的探讨，石黑一雄向读者展示了社会对个体身体的标准化和歧视所带来的影响。在小说《浮世画家》中，小野是一个非常有个性和喜欢独立思考的人，他对他在艺术和家庭中的角色的认识与传统观念有所不同。他努力奋斗成为一名杰出的艺术家，并同时兼顾父亲的角色。他在美学上的信念使他不畏父亲和老师的权威，并投身于爱国宣传运动。然而，他的美学理念并未得到他人的接受，导致他在政治和美学领域的思想发生了变化。

小野在家庭中失去了权威地位，但他希望至少能对孙子一郎产生一定的影响，因此他向一郎灌输传统的日本意识形态。然而，无论他如何努力，他都无法挽回自己的地位。当他决定让一郎尝尝清酒的味道时，女儿对他的决定表示不满。小野认为这是一个关乎骄傲和传统的问题，他试图通过让孙子尝试清酒来传递日本文化的重要性。然而，女儿并不赞同他的决定，她认为清酒是酗酒的象征，对孩子不利。这次争论再次暴露了小野和家人之间的代沟和价值观的冲突。小野在自己的思想转变中感到孤立和困惑。他的父亲代表了旧时代的观念和价值观，而孙子一郎则代表了新一代对传统观念的质疑和挑战。小野试图通过传统的方式塑造一郎的意识形态，但他的努力却被女儿和现代社会的观念所反对。这一冲突凸显了日本社会在战后发生的巨大变革。传统的家庭结构和价值观逐渐被现代化和西方文化的影响所取代。小野在这个转变中感到失落和无助，他试图寻找自己的位置和存在的意义。

小说中，小野和家人之间的冲突展示了个体在社会和家庭变革中的困境。小说探讨了个人意识形态与社会价值观之间的冲突，并提出了关于传统、权威和自由的思考。小野的经历代表了许多人在现代社会中面临的挑战，包括如何在传统与现代之间找到平衡、如何保持自己的独立思考和艺术创作、如何与家人和社会和谐共处。此外，小野还代表了日本帝国主义政治的一部分，这种意识形态旨在将其他亚洲国家从西方现代性的束缚中解放出来。美国化和文化反美主义的兴起常常将内在的焦虑投射到外部实体上。这种现象在小说中体现为人们对身体和外貌的迷恋。小野作为一个男性角色，在他的故事中也经历了身体焦虑的挣扎。社会对身体的过度关注和标准化的呈现将男性身体，特别是男性的外貌和身材置于社会的审视和评判中。尽管他认为自己的故事可能遭到了扭曲，但他的身体经验和身份认同在某种程度上受到了固有的社会期望和传统婚姻观念的影响。小野的角色暗示了对新旧日本之间差异的反思，同时也揭示了对历史命运和文化稳定的担忧。

在故事中，小野感受到来自家庭、社会和文化的压力后，努力满足这些期望，并寻找自己的身份。这种身体焦虑的存在使得小野的故事更加复杂。他必须面对自身的身体形象和性别角色所带来的挑战，同时反思自己在性别关系中的地位。作者以一种循环的方式展现了历史的循环性，每个历史时期人们都具有独特的身体焦虑。

（三）关系与身体焦虑

身体焦虑可能导致人际交往过程中的不安和不稳定。一些角色因为自己的身体问题而遭受他人的嘲笑或排斥，这影响了他们与他人之间的互动和信任。身体焦虑还可能导致人物对自己的感情关系产生怀疑和不安。他们担心自己的身体问题会影响爱人或朋友对他们的感受，甚至担心对方会因此离开他们。这种身体焦虑对人际关系的稳定性和幸福感产生了负面影响，使人物陷入情感困境。在石黑一雄的作品中，作者不仅探索了女性角色的身体经验和身体焦虑，还开始反思男性身体在性别关系中的角色。这种身体焦虑与现代社会中的身体观念和性别角色的固定化密切相关。小野的故事中，他被描绘为一个一心为女儿寻找合适婚姻伴侣的人。他的行为和社会地位受到家庭调查员的影响，这导致了他在城市中漫游，试图解决过去的问题。小野的身体焦虑体现在他对婚姻和家庭的责任感以及面对社会期望的压力。他的行动和思考反映了社会对男性身体在性别角色中的定位的焦虑。

小野将自己在政治和美学领域的思想变化归因于他人，如父亲和松田。他认为是他们直接或间接导致他走上了自己没有预料到的道路。他不断对抗权威，自认为是英雄。然而，面对仙子的不服从，小野试图用妻子生前温顺表现的事例来唤醒仙子妇女在家庭中应有的行为。但仙子的回答带有讽刺意味，她认为小野的艺术和爱国理念是错误的，正如日本的战败证明了他的错误一样。小野的妻子和母亲都代表了战前日本妇女的传统角色，她们总是附和男人的意见和决定，从不敢表达自己的意见。而仙子则代表了战后妇女的缩影，她们获得了前所未有的权力。仙子感受到了父亲对温顺母亲的肯定，因为母亲总是积极回应他的绘画作品，甚至崇拜他的审美情趣。然而仙子却以嘲讽的口吻指出了小野的错误和他对自己观点的执着。

女儿的回答实际上在唤醒小野，他失去了公众声誉和家庭地位，没有资格坚持自己的观点是唯一的真理，也不能要求其他人都同意他的观点。

随着小野对自己在家庭和社会中的角色的反思，他开始重新审视自己与艺术的关系。他意识到他一直以来都在按照他父亲的期望而生活，没有真正追求过自己的梦想。小野开始反思自己的艺术创作，并决定寻找一种能够表达自己真实想法的方式。他开始尝试不同的艺术形式和风格，以找到适合自己的表达方式。他与年轻一代的艺术家交流，并从他们身上汲取灵感和观点。这个过程中，小野逐渐找回了自己的创作热情和自信。他开始创作出与自己内心真实感受相符的作品，并开始展示和分享自己的艺术成果。这些作品反映了他对家庭、传统和社会变革的思考和观察。随着时间的推移，小野的艺术作品逐渐受到认可和赞赏。他的作品展览引起了广泛的关注，人们开始重新评价他的艺术和艺术中对社会问题的触及。小野通过自己的成功，找到了自己在家庭和社会中的独特位置，并得到了家人和社会的理解和支持。

石黑一雄的《远山淡影》中也展现了身体的本能反应对人际关系的影响。作品呈现了英国人对日本人的刻板印象，他们认为日本人具有自杀的本能。这种刻板印象使得日本人在英国社会中的地位受到质疑和歧视。自杀行为，其实是人类对身体掌控力的极端外在表现。简而言之，人类没有办法决定自己生命的开始，大多数情况下，也无法自行终结自己的生命。但是自杀这一行为，既是对自我和身体的反叛，也是对本我的服从。另外，作品中还描述了人物对社会地位和身份的关注，如女主人公对新认识的万里子感到不安和担忧、对自己在他人眼中的形象的担心以及人物之间的距离和互动受到身体本能反应的影响。例如，当女主人公问小女孩是否上学时，她选择远离对方。这种距离的产生暗示了人物之间的隔阂和彼此之间的紧张关系。另外，当女主人公与佐知子的女儿万里子初次交谈时，她对万里子的行为感到不安，这进一步加剧了她的身体焦虑。身体本能反应在人际关系中起着重要作用，反映了人物之间情感交流和互动的复杂性。石黑一雄的作品通过描绘身体焦虑，不仅展示了个体内心的挣扎，还揭示了社会中存在的一些问题。他通过塑造人物的身体焦虑，呈现了社会对身体的标准化和歧视，以及对个体地位和情感的影响。这种标准化和歧视，给人带来了无形的痛苦和巨大的压力，使得那些不符合主流身体形象的人感到自卑和被孤立。通过情节描写和角色刻画，石黑一雄呼吁读者关注并改变社会对身体的刻板印象，营造更加包容和多元的社会环境。

在现当代社会文化和科技的快速发展下，视觉艺术中的"身体"展示出被"生产"和"物化"的状态。在机器复制和拟像时代的背景下，艺术中的"身体"作为社会变迁的产物，呈现出冷漠疏离和人性消失的景象。日常生活与艺术之间的界限逐渐模糊，可消费的"身体"的物质性凸显，畸变的身体意象不断滋生。艺术家通过微观的身体世界戏剧性地展现了当代社会对人的异化，揭示了宏观"社会身体"的脆弱、挣扎和焦虑。石黑一雄作品中的身体焦虑是一个重要而多维的主题，涉及情感、地位和关系等方面。通过对他的作品的分析，我们可以看到身体焦虑对人物情感的影响，包括自尊心和自信心的受损；对社会地位的影响，包括自卑和被歧视的感受；以及对人际关系的影响，包括疏离感和不安。因此，我们应当关注和反思这些问题，推动社会的包容性和多元化，让每个人都能够以自己的身体感到自信和幸福。

二、身体困境：道德冲突与自我选择

石黑一雄的作品多以身体困境、道德冲突和自我选择等为主题。他的小说常常涉及克隆人、人工智能和身体改造等科技议题，引发人们对伦理和道德的思考。在其作品中，人们经常面临身体困境。克隆人和人工智能的存在使得人类不再是唯一的生命形式，引发了关于身份认同和自我界定的问题。人们不确定如何处理与克隆人的关系，以及克隆人是否具有与人类相同的权利和尊严。这种身体困境迫使人们重新思考人类的特殊性和伦理责任。自我选择也使角色们经常被迫做出重大的决策，这些决策直接关系到他们的生活和身份。他们可能被迫选择接受身体改造、逃避社会压力或者选择迎接不确定的未来。这种自我选择突显了个体的自主权和自由意志，同时也揭示了选择所带来的责任和后果。石黑一雄的作品通过探索科技进步对人类的影响，引发人们对伦理和道德问题的思考。例如，他们可能面临选择是保护克隆人的权利还是追求自己的利益；是捍卫人类中心主义还是承认其他生命形式的价值。这些道德冲突考验了人们的道德观念和伦理原则，引发了关于公平、正义和利他主义的讨论。本节将以《别让我走》为例，通过审视身体、价值观和行为，以及面对复杂伦理抉择时需要做出的自主选择，讨论身体困境与自我之间的道德冲突和关系。

《别让我走》是一部充满时间叙事和悖论性的经典作品。小说打破了线性的叙事逻辑，通过回忆和闪回的方式，将过去和现在交织在一起。这与后人类理论中将"后"理解为"将来—现在"的概念相呼应。多维时间叙事指向了主体的异质组合性和瞬时性。人类将克隆人物化，而克隆人则通过人类的再现逻辑试图成为主体。然而，在物质技术介入人类生命的后人类时代，主体和客体之间的界限变得越来越模糊。身体在界限上的来回穿梭与时间叙事的多维扩展相辅相成，彰显了一种后人类伦理。西方文学中存在一种悖论性书写传统,如《奥德赛》《战争与和平》《变形记》和《看不见的人》等作品。在这种悖论性书写中,怪诞与正常并存,不公平的社会却是家园故乡。在石黑一雄的作品中,这种悖论性传统经常体现为普鲁斯特式的叙事——通过对时间的折叠处理,在叙事时间所引发的紧张感中,深入审视人类。《别让我走》以平淡的笔触讲述了一群克隆人短暂的一生。石黑一雄用凯西的回忆来叙述故事,同时对回忆进行了复杂的处理,将对过去的回忆和未来的期望交织在一起。居里(Curie)在其中发现了一种叫作"预过去完成时"的时间结构。通过叙事时间与被叙述时间之间复杂的关系,故事得以展开。与此同时,悖论性书写在这部作品中也十分突出。在石黑一雄的笔下,身份特殊的克隆人与人类并无二致。然而,对于读者来说,克隆人是否属于人类群体仍是一个待思考的问题。确定的叙事姿态扰乱了读者对克隆人认知的不确定性,这种悖论性迫使我们直面克隆人这一特殊群体,并深思人与克隆人之间的生命关系问题。可以说,在这部小说中,复杂的时间叙事引发了对生命伦理关系全新维度的探索。

生命伦理关系是后人类时代亟须思考的问题。在生物工程、人工智能、电脑网络和媒体科技等物质技术全面介入人类身体和环境的后人类时代,人类应该如何定位自己?自从文化理论家哈桑在1976年提出"后人类主义"概念以来,后人类思想的发展不足50年,但已经涌现出许多理论观点,形形色色。由于西方哲学思想中的"人"是通过与他者的对立来定义的,因此后人类理论从环境、物质、动物等他者的角度展开了全面的反思。从海利斯(Hayles)在《我们何以成为后人类》中提倡的人与环境的共生,到哈拉维(Haraway)在《赛博格宣言》中强调的人与机器的融合,再到德里达(Derrida)在《动物故我在》和哈拉维在《同伴物种宣言》中思考的人与动物的伦理互构,种种观点都在试图以开放的态度克服自我与环境、身体与心灵、人类与动物等二元对立的范式,探求人类的"后"定义。然而,来自各个方面的冲击最终并未实现真正的突破,所有观点都被归结到以"人"为中心的定义之内，人类仍然无法完全超越自身而进行想象。然而，当前的后人类主义研究至少在主客体二元对立的人类中心主义之中注入了人与客体的连续性意识，而非割裂性意识。

在这个背景下，居里对石黑一雄的《别让我走》的研究，虽然是从叙事学的角度出发，却无意中触及了后人类伦理思考所必须面对的问题，即伦理与时间的关系。而石黑一雄构建的悖论性书写，恰恰通过将时间从各个角度进行极限拉伸，并巧妙地以身体器官为起点，在不同方面的张力点上建立了关于生命伦理关系的悖论模型。尽管这也许出乎石黑一雄本人的意料，因为他曾表示这部小说要讨论的是如何面对死亡的问题。

石黑一雄的《别让我走》在叙事和悖论性书写方面都展现出了独特的特点。这部小说以平实的叙述风格呈现了克隆人的生活经历，通过复杂的时间架构和回忆的交织，引发了对人类身份、生命伦理和时间的思考。在小说中，时间被打破线性逻辑，过去、现在和未来交织在一起。克隆人的命运似乎被预定，他们存在的意义即作为器官捐献者，注定短暂而有限。这种时间叙事方式突显了克隆人与时间之间的紧张关系，他们的生命被压缩在有限的时间内，而他们对未来的期待和对过去的回忆在叙事中交织在一起。小说中的悖论性书写也引发了对克隆人身份和人类认同的思考。尽管克隆人与人类在外貌和行为上没有明显区别，但他们的身份却备受争议。读者面临着一个问题：克隆人是否具备与人类相同的权利和尊严？这种不确定性的悖论性书写激发了对生命伦理关系的探索，促使人们思考人类与克隆人之间的道德和伦理边界。

在后人类时代的背景下，物质技术的介入模糊了主体和客体之间的界限。人类与技术、环境、动物等他者之间的关系变得复杂而模糊。后人类主义思想试图超越传统的人类中心主义，强调人与其他存在之间的连续性和相互作用。石黑一雄的小说通过复杂的时间叙事和悖论性书写，探索了后人类时代中生命伦理关系的新维度。总的来说，石黑一雄的《别让我走》以其独特的叙事和悖论性书写成为一部引人深思的作品。通过复杂的时间叙事和克隆人的身份问题，小说引发了对生命伦理、人类认同和时间的探讨。同时，它也与后人类主义思想相呼应，提出了关于人类在后人类时代中的定位和伦理关系的重要问题。这部小说在文学中独树一帜，为我们思考人类存在的意义和伦理责任提供了全新的视角。在石黑一雄的《别让我走》中，时间叙事和悖论性书写不仅仅是为了呈现一个复杂的故事，更重要的是探索人类存在和生命的本质。通过时间顺序的打破和复杂的回忆结构，小说揭示了时间的多维性和过去、现在与未来的交织关系。小说中的克隆人角色面临着既定的命运，被视为器官捐献者。这种命运注定了他们的生命短暂而有限，但他们依然怀抱着对未来的期待和对过去的回忆。通过凯西的回忆，读者深入了解了克隆人在成长过程中的经历和情感体验。这种时间叙事的安排使得读者能够体验到克隆人内心情感的复杂和矛盾，引发了对生命的意义和存在的思考。

另一方面，小说中的悖论性书写将克隆人的身份问题置于中心。虽然克隆人在外貌和行为上与人类没有明显的区别，但他们的身份地位却备受争议。这种悖论性书写引发了人们对人类认同和道德边界的思考。读者被迫直面克隆人作为特殊群体的存在，并思考人与克隆人之间的关系和生命价值。在后人类时代的背景下，小说进一步探讨了生命伦理关系的复杂性。随着物质技术的发展和人类与科技交互的增加，人类与环境、技术和其他生物之间的界限变得模糊。石黑一雄的作品引发了人们对人类在这个复杂网络中的定位和责任的思考。通过克隆人与人类的对比和交织，小说探索了人类在后人类时代中所面临的伦理挑战和道德抉择。这部作品不仅仅是一部科幻小说，更是对人类身份和伦理关系的探索，为我们提供了一个反思人类本质的窗口。通过探讨时间和身份的复杂性，石黑一雄在作品中呈现了一个读者可以反思人类与技术、环境和其他生命形式之间的关系的平台。小说通过克隆人这一特殊群体，引发了关于人类自我定义和他者认同的重要问题。克隆人的存在挑战了传统的人类中心主义观念，迫使人们重新思考人类的界限和价值。

石黑一雄的悖论性书写通过将怪诞与正常、不公平与家园等概念相结合，创造了一个令人不安且深具启示的世界。这种悖论性书写引发了对社会不平等、伦理责任和公正的思考，以及对人类行为和道德选择的质疑。小说中的复杂时间叙事方式进一步加深了对生命和存在的探索。通过时间的折叠和回忆的交织，小说传递出对个体命运和生命短暂性的关注。读者通过角色的回忆和情感体验，体验到时间的流逝和人类存在的脆弱性，引发了对生命的意义和价值的深刻思考。在石黑一雄的作品中，时间叙事和悖论性书写不仅是技巧和手法，更是为了探索人类的存在、伦理关系和道德选择。这些元素的交织和融合，为读者提供了一个思考人类本质、伦理挑战和生命意义的独特视角。通过《别让我走》这样的作品，我们被引导去审视自己的生活、行为和价值观。它提醒我们在科技快速发展的时代中保持人性的关怀和伦理责任。同时，它也提醒我们要重视他者的存在和权利，尊重世界的多样性。总之，《别让我走》通过时间叙事和悖论性书写，将读者带入了一个充满深度和挑战的世界，引发了人们对人类存在和伦理关系的思考。这部作品不仅展示了石黑一雄作为作家的才华，也为我们提供了一个思考和反思的契机，帮助我们更加深入地理解人类的本质和我们在世界中的位置。

第二节　意向身体的历史语境

一、身体障碍：战争的现实书写

（一）身体的痕迹：历史变迁对个体生活的影响与身体障碍

石黑一雄的小说涉及重大历史事件，他往往以含蓄而间接的方式呈现，主要从特定时刻的视角和个人的切身体会来展现这些历史事件。例如，《远山淡影》中的回忆部分发生在战后的长崎，描绘了战争带来的阴影。《长日留痕》的背景设定在1937年的动荡时期，当时上海被日军包围，整个世界处于二战前夕。尽管这些小说并没有直接描写这些历史事件，但战争所带来的阴影始终围绕着主人公的叙述。主人公个人的创伤折射了民族的创伤历史，展现了特殊时期人物的抉择。石黑一雄的小说深入探索了集体记忆与个人记忆之间的矛盾与冲突。他以独特的表达方式将创伤个体的记忆与公众历史交织并相互影响。通过细腻的叙述，他深刻揭示了战争等历史事件对个体生活的身体影响，并探讨了记忆和历史之间错综复杂的关系。

石黑一雄的小说以战争所带来的身体障碍为视角，通过描写人物在战争中经历的身体创伤，展现了战争对个体生命的摧残和改变。这些身体障碍成为个体记忆中无法忽视的一部分，与历史交织在一起。战争残痕扭曲了个人的记忆，并深刻影响了他们对自身身份和历史地位的认知。他描绘了个人如何忍受战争带来的身体障碍，并审视了他们对于过去的痛苦回忆的抗拒与接受。他通过这些受创者的故事，呈现了个体在特定历史时刻寻找自身定位的过程。历史事件成为个体生活中不可忽视的背景，战争、大屠杀、种族迫害等集体性创伤事件在故事中逐渐显现。这些作品深刻而细腻地展示了战争对个体和集体的身体与心灵所造成的深远影响。深刻地描绘了个人记忆与公众历史之间的矛盾与冲突。在他的作品中，叙述者的个人回忆与社会对历史的看法存在明显的差异，反映了一个社会正在经历着历史性的转变，旧有的价值观正在被新的社会价值观所取代。

在《远山淡影》中，石黑一雄描绘了整个国家价值观念的变迁。老一辈的人物，如绪方代表了战前辉煌的时代，但在年轻人眼中，他们的存在已经变得突兀且不受欢迎。同样地，在《浮世画家》中，画家小野在战争时期宣扬帝国主义，但战后，他发现自己被前同事、学生甚至政府所排斥。小野试图重新认识自己，但公众对他的过去持否定态度，使他陷入困境。在《长日留痕》中，史蒂文斯对达林顿勋爵表现出绝对的忠诚，但随着战后公众对达林顿的蔑视，史蒂文斯试图通过个人回忆为自己的行为辩护，试图与公众历史进行调和。

这些人物的身份处于一个新旧价值观交替的时期，他们感到失落和困惑，夹杂在传统与变革之间。由于无法达到社会可接受的标准，他们的社会身份变得负面。被边缘化的他们试图通过个人记忆回溯过去，但往往与公众历史相悖。石黑一雄描绘了这些人物的内心挣扎，他们努力地追求自己的目标并相信自己所做的是正确的，但当他们走到人生尽头时，却发现整个社会的态度完全颠倒。石黑一雄小说中的人物面临着社会气候无法适应的困境，他们被大众忽视甚至边缘化。这种矛盾与差距源于个人记忆与集体记忆之间的冲突，以及不同社会氛围下公众对历史的态度和想法的不同。石黑一雄小说中的人物身处于战争与身体之间的紧张关系中。通过战争与个人身体的表达方式，可以重新诠释上述内容。在这些小说中，战争不仅是一个外在的冲突，更对个体身心有着深刻影响。战争导致身体和心灵受伤，对人们的记忆和认知产生了巨大的影响。

战争与身体之间的关系体现了人类在极端环境下的脆弱性和抗争精神。战争导致了身体的伤痛、疾病和残疾，这些身体的变化影响着人们的记忆和身份认同。在战争中，个人身体成了一种象征，承载着战争带来的痛苦和创伤。在石黑一雄的小说中，人物通过回忆和个人的身体经验来重新认识自己，却发现与公众历史的认知存在差异。这种差异源于社会的转变和不同时期人们对历史的看法和态度的改变。战争后，社会价值观发生了巨大的转变。曾经被推崇的帝国主义观念和战争意识形态被谴责为错误和罪恶，支持者们受到社会的指责和唾弃。个体与集体记忆的冲突，以及个人回忆与公众历史的差异，使这些人物感到困惑和被孤立。

石黑一雄小说中的人物在历史的过渡时刻生活，他们努力追求自己的目标和信念，却在人生尽头发现自己原本引以为傲的事物并不被认可，而且使他们感到羞愧。他们在过去与现实之间挣扎，试图重建自己的身份和与社会的关系。综上所述，石黑一雄小说中的人物在战争中经历了痛苦的转变。

（二）身体的经历：战争事件对个人创伤的记叙

石黑一雄小说中的叙述者们完全受制于当时的社会规范和价值观，然而，当社会大环境发生变化时，他们突然发现自己的行为已经被新的道德准则所评判。在这样的背景下，主人公们经历了集体创伤，埃里克松（Erikson）对集体创伤的定义有助于我们理解他们所经历的创伤。个人创伤指的是突然且粗暴地侵袭个体防御系统，使其无法有效应对；而集体创伤则是对社会生活基本构成的打击，破坏了人们之间的联系和共同归属感。集体创伤在受害者的意识中逐渐浮现，虽然不具备突然性，但仍然使人震撼。人们逐渐意识到社群无法提供有效的支持，个体的重要部分消失了，也让个体之间难以相连。虽然"我"依旧存在，但已经受到了损害，甚至可能发生了永久性的改变；而"你"也依旧存在，但与"我"已经疏远且难以相连了。"我们"不再是紧密相连的群体，而变得疏离和分散。[1]主人公们叙述自己的经历，旨在重建过去的社会环境，通过个人回忆在不断变化的环境中确立自己的身份。他们的叙述中呈现了个人记忆与公众历史之间的冲突。石黑一雄的小说以普通人的微观叙述为主，突出了普通人对历史事件意义的决定性作用，而不是政治实体。这种叙述方式摒弃了早期历史学的宏大叙事和宏大人物的传统，转而关注普通、世俗、边缘化人物的生活和经历，与20世纪历史学家的观点相一致。[2]这些历史学家通常不再使用传统的叙事模式来塑造

---

[1] ERIKSON, ERIK. AUTOBIOGRAPHIC NOTES ON THE IDENTITY CRISIS, DAEDALUS, VOL.99, NO.4, THE MAKING OF MODERN SCIENCE: BIOGRAPHICAL STUDIES (FALL, 1970), PP. 730–759.

[2] LANG, JAMES M. Clio. "Public memory, private history: Kazuo Ishiguro's The Remains of the Day". Fort Wayne, Vol. 29, Iss. 2 (Winter 2000): 143–165.

日常生活中的人物形象。[①]很多战后的历史学家都顺应后现代主义的趋势，如琳达·哈钦（Lina Hutcheon）和其他学者认为，在借用早期方法和策略的同时，可以不必秉承这些方法所蕴含的哲学信念。哈钦在《后现代主义诗学》中提出了"多样化的意识形态和对差异的认同"，她认识到可以摆脱旧有哲学的限制，适应早期叙事和史学表达形式。[②]

此外，法国学者哈布瓦赫（Halbwachs）认为，集体记忆并非群体共享的真实回忆，而是根据现今条件对过去经历的重构。换句话说，人们根据当前社会团体所面临的问题来决定他们记忆的内容和方式。这种观点的一个必然结果是，历史与当前不同的语境遭到忽视，历史甚至可能被简化为神话原型。[③]石黑一雄的小说以普通百姓的微观叙述为中心，用平凡人来取代英雄人物，描绘了战争对普通人的心理影响，补充了官方叙述中关于政治协商、军事行动和伤亡的视角。《远山淡影》和《浮世画家》的叙述者分别是一名家庭主妇和一位退休艺术家，他们讲述了战争对日本的损害以及对平民的集体心理创伤。《长日留痕》则通过年老的管家的视角，展现了对英国战前辉煌的怀旧。

如果从身体障碍的视角重新审视身体与战争的关系，便很容易发现，战争对个人身体的影响常常是粗暴而突然的，它破坏了个体的身体健康和功能。战争造成的身体伤害，如肢体残疾、失明、创伤后应激障碍等，使个体无法有效地面对生活和他人的目光。这些身体障碍不仅改变了个人的生理状况，还对心理和社会层面产生了深远的影响。在石黑一雄的小说中，主人公所面临的身体障碍成为他们重建过去、重新确立自己身份的现实阻碍。这种

[①] IGGERS G. Historiography in the Twentieth Century: From Scientific Objectivity to the Postmodern Challenge [M]. Middletown, CT: Wesleyan University Press, 2008:51-94.

[②] HUTCHEON L. A Poetics of Postmodernism: History, Theory, Fiction [M]. New York & London: Routledge, 1988:114.

[③] 林庆新. 创伤叙事与"不及物写作"[J]. 国外文学, 2008(04): 23-31.

集体创伤导致了个体与社会之间的断裂和疏离。

石黑一雄的小说以身体障碍的视角重新诠释了历史事件和集体记忆。他关注普通人的生活和经历，突破了传统历史叙事的范式。在这种叙述中，个人的身体障碍不仅是身体上的限制，也是对历史事件和社会变革的见证。通过描述主人公的身体障碍，石黑一雄传达了个人在战争中所遭受的创伤和痛苦。这些身体障碍既是个人命运的改变，也是对社会和历史的呈现。主人公们通过面对身体的挑战，展现了他们对于过去准则和社会大气候的追求和批判。身体障碍成了主人公们对历史事件和集体记忆的重新审视的切入点。他们通过个人回忆和经历，试图重建过去的社会环境，以此确立自己的身份。石黑一雄挑战了官方历史书写的权威性，将普通人的经历和生活置于历史事件的中心。通过以边缘化人物为主角，石黑一雄呈现了个人记忆与公众历史之间的冲突，揭示了历史事件的多样性和复杂性。

在身体障碍的视角下，石黑一雄的小说将个人与集体的关系、身体与历史的关系紧密联系在一起。他通过描绘个人在战争中遭受的身体创伤和障碍，探索了战争对个人身心的影响，并反映了社会大气候的转变对个体的影响。这种独特的叙事视角为我们理解历史和集体记忆提供了新的途径，并呼吁关注边缘化个体的生活经验和心理创伤。小野作为《浮世画家》的中心人物，在身体上承受着残疾和疾病的困扰。这种身体的不完整性给他的自我意识和生活带来了深刻的影响。小野渴望保持先前的社会地位和民族主义精神，然而战争给他的身体和自我认同带来了巨大的转变。小野的残疾和疾病不仅限制了他的身体能力，也打击了他的自信心和创造力。他原本是一位有抱负的浮世绘画家，但战争导致他失去了手臂，使他无法再以以往的方式绘画。这一身体的改变使他感到无力和沮丧，他开始怀疑自己的价值和存在意义。战争给小野带来的身体痛苦和残疾也反映了社会对残障人士的偏见和歧视。他感受到了来自社会的排斥和嘲笑，他的残疾成了他在社会中被边缘化和忽视的原因。这种对待使他进一步感到孤立和无助，削弱了他的自尊心和自我价值感。

小野的身体障碍给他的民族主义精神和社会地位带来了挑战。战争的残酷和破坏性使他对过去的价值观产生怀疑，他开始反思民族主义的本质和意义。他意识到战争不仅带来了身体上的创伤，也对整个国家和社会造成了深远的伤害。这种认识使他渐渐远离以前的民族主义观念，开始寻求新的理解和身份认同。通过身体的障碍，小野经历了身体与自我意识的转变。他开始重新审视自己的存在和社会的价值观，并试图在新的身份框架下重新定义自己。尽管身体的残疾给他带来了痛苦和挑战，但也促使他思考人性的复杂性和社会的不完美之处。总之，小野作为《浮世画家》的主角，在身体障碍的背景下经历了身体和自我意识的变化。在这个新的身体框架下，他开始重新定义自己的存在和意义，并寻求新的身份认同。尽管战争带来了身体上的痛苦和残疾，但这种身体的改变也成了他重新审视自己和社会的契机。通过身体障碍，他开始思考社会中边缘化群体的处境，并试图找到重新融入社会的方式。

（三）集体的记忆：边缘化群体与身体痛苦

在小说《浮世画家》中，小野遭受的战争创伤，不只源于儿子在前线的阵亡和妻子的丧生，更令人关注的是，他在战后试图修复战争带来的伤口时，还要面对来自他人的怀疑和不信任，由此，他的身体表征成了他被边缘化和忽视的标志和战争时代的集体记忆。然而，小野并没有被身体障碍所定义。他寻找着新的方式来表达自己，尝试着在现实和梦境之间找到平衡。通过他的坚持和努力，他逐渐重建了他的自我意识和艺术家身份，并在艺术创作中找到了新的出路。尽管他经历了身体上的挫折和痛苦，但他通过自我反思和努力，逐渐超越了身体的局限，重新找到了生活的意义和目标。

经历过战争并失去亲人的小野，更加敏锐地意识到了战争对人类的伤害。他深刻理解身体和精神上的痛苦是战争带来的直接后果。这种理解让他对战争和民族主义产生了深深的怀疑,并开始反思战争背后的意义和人性的本质。他开始怀疑以国家和种族为中心的意识形态,寻求更加人道和和平的价值观。小野的身体障碍还让他更加关注社会中其他弱势群体的处境。他深入了解了残障人士所面临的挑战和歧视,也关注着其他被边缘化和忽视的群体,如妇女、贫困者和少数族裔。他通过自己的创作和行动,试图唤起社会对这些群体的关注和尊重,争取平等和包容的社会环境。

小野的故事呈现了一个坚强和勇敢的人物形象,他通过战胜身体的局限和社会的偏见,重新定义了自己的存在和价值。他的艺术成了超越身体的表达,展示了人类意志的力量和创造力的无限可能性。《浮世画家》通过小野的角色,从身体的角度重新审视了战争对个人生活和自我意识的影响。身体的残疾使小野面临挑战和痛苦,但也激发了他的创造力和对社会问题的关注。他通过艺术和自我反思,超越了身体的限制,重新找到了生活的意义,并成为一个引发社会思考和变革的力量。他的故事向我们传递了勇气、坚持和人性的力量,以及身体障碍者的无限潜能。

在创伤小说中,战争对主人公的身体和心灵造成了创伤,并且这些创伤不断影响着叙事的顺序和进程。这种重复叙事方式,暗示了战争对个人生活和意识的持续影响。例如在《浮世画家》中,战争引起的社会变动对小野的生活和自我意识产生了深远的影响。战后,传统家庭模式逐渐崩溃,父亲在家庭中的权威受到挑战,妇女争取到了更大的自主权,并要求更大程度地参与家庭生活。小野作为一个父亲,希望成为典型的日本父亲,但他面临着与女儿之间的冲突。

在石黑一雄的《浮世画家》《长日留痕》等作品中,角色都面临着身体的困境,这些困境直接影响了他们的生活和自我意识。这些身体障碍使他们不得不重新审视自己的存在和价值,并通过面对挑战来寻求内在的力量。在这些作品中,主人公承受着身体上的创伤,这些创伤源自战争的残酷。他们的身体困境不仅使他们失去了行动自如的能力,还引发了他们内心深处的痛苦和恐惧。每一次重复的叙述和描写都仿佛是创伤事件的不断回归，中断了叙事进程，体现了创伤的不可逃避性。角色通过面对身体上的挑战，揭示了创伤事件对他的生活和心理的持续影响。在《浮世画家》中，小野并没有被自己身体的残疾所限制，他通过艺术来表达自己，并以此寻求自我肯定。他的身体困境使他重新思考自己的存在和人生的意义，并通过创造力和自我反思超越了身体的限制。小野的艺术成为他重新定义自己和探索内心世界的途径。

战争对角色生活和自我意识的影响也在这些描述中得到体现。战争给他们带来了身体和心灵上的创伤，改变了他们的生活轨迹。战争的残酷使他们面临着巨大的困境和挑战，但同时也激发了他们内在的力量和勇气。他们不再是过去的自己，而是经历了战争洗礼的人。

在《浮世画家》中，主人公小野的身体状况使他在行动和表达方面受到了限制，但他并没有放弃追求艺术和自我实现的渴望。相反，他通过绘画来表达自己的情感和思想，并逐渐找到了身体以外的价值和意义。尽管他面临着身体的局限，但他通过创造力和艺术的力量超越了这些限制，重新定义了自己的存在和自我意识。

二、身体优化：社会的涉身规训

2021年，诺贝尔文学奖得主石黑一雄推出了他的最新作品《克拉拉与太阳》。这部小说延续了他在2005年的作品《别让我走》中探讨的未来世界中身份微妙的"后人类"的主题。《别让我走》讲述了克隆人的故事，而《克拉拉与太阳》的叙事者是一台名为"人工智能朋友"（AF）的机器人。这部小说与人工智能技术的热门话题相关，一经问世就引起了广泛的关注。小说的情节并不复杂，它讲述了一个女孩乔西因基因改造失败而患上了"不治之症"，在智能机器人克拉拉的关爱和精心照料下最终康复的故事。石黑一雄以他擅长的第一人称叙事方式写作，将故事视角设置为克拉拉，一个儿童陪护型高级机器人，被购买来陪伴和照料患病的乔西。石黑一雄表示，在创作这部带有科幻元素的作品时，他并不想写机器人反抗人类的故事或反乌托邦文学，他希望能够描写一个因技术高速发展而面临结构变革的社会中发生的故事。英国评论家詹姆斯·伍德（James Wood）认为，作家创造出"类人"的角色，是为了以一种异质的视角观察那些充满伤痛的短暂人生。[1]

技术、身体、生命、情感、阶级和人工智能构成了这部新作的关键词。国内学界目前对这部小说的批评主要从上述角度展开，但由于篇幅限制，无法详述。罗伯特·伊戈尔斯通（Robert Eaglestone）的论文《克拉拉与人：动因、汉娜·阿伦特和宽恕》提供了一种新颖的解读视角，指出小说中提出了三种解决人类社会中主要矛盾冲突的方法。[2]然而，这种观点完全将克拉拉视为算法机器的视角，某种程度上忽略了她与人类相处的卓越能力以及在小说中的重要意义。

《克拉拉与太阳》是一部重要的作品，它以石黑一雄独特的叙事风格探索了未来世界中的身份认同和人工智能的议题，同时引发了广泛的讨论和批评。人体优化学（Body Optimization）起源于20世纪末的西方学界，广义人体优化学涉及多个交叉学科领域。狭义人体优化学，也被称为身体限制学（Body Limitation），一方面属于人才培养领域，如医学院校为培养高素质身体优化师而开设的身体科学类课程；另一方面属于研究领域，指身体科学与人文、社会学科相结合的若干跨学科研究方向，如身体伦理学、身体人类学、叙事身体学等。这些课程和研究的开展与20世纪70年代左右整体身体运动和生命科学研究的深入相关。此前，西方身体教育体系存在重科学、轻人文的倾向，导致了身体关怀的减少。

---

[1] WOOD J. The Human Difference [J]. New Republic, 2005（05）：1–15.

[2] EAGLETON R. Klara and the humans: Agency, Hannah Arendt and forgiveness [J]. Ethics and Agency in Ishiguro's Novels. Cambridge: Cambridge University Press, 2023.

石黑一雄敏锐地观察到了在后现代语境中"关怀"所呈现出的诡异性。在小说中，人工智能以令人欣喜的方式出现，拥有基于仿生学理念的外观和性能设计。它们强大的情感交互能力使得个体能够体验到与真人伙伴相似的陪伴。作为高科技产物，AF充分体现了现代科技对身体优化的关怀精神。在小说中，主角所获得的关怀绝大部分来自AF克拉拉和亲友，而不是身体优化师。在身体优化师面前，主角只是一个技术改造的失败品，一个身体技术的实验对象。在身体优化师的工作中，"关怀"的是具体的身体，个体的主体地位已经随着技术的高度介入而呈现出越来越多的不确定性。

身体优化过程中的工具理性主义导向使得关怀无从渗透，因此产生了小说所描绘的情景：作为人类智慧结晶的技术在追求更好地服务于个体的同时，却在不断损害身体、限制自由。具体而言，石黑一雄并不害怕技术会主宰世界，但随着人工智能在人们生活中的重要程度日益提高，作者希望提醒人们其可能诱发的倒退现象。作者并不批判技术本身，然而技术与个体的关系不可避免会导致资本力量甚至政治的介入。在《克拉拉与太阳》描绘的未来世界中，技术凌驾于个体之上，对个体命运具有相当大的决定权。基因改造技术已成为常见的词汇。一方面，以实现个体的身体优化为目的的身体技术改造，是被认可的生命管理术。但另一方面，高昂的价格使得这种技术成为特权，造成享受技术的个体与其他个体之间产生差距，大部分社会资源都流向前者。技术、资本和政治力量的结合颠覆了启蒙主义所宣扬的"人人生而平等"，个体在出生时就被贴上了等级的标签，被"淘汰"和"替代"的现象变得普遍。例如，机器人取代了蓝领劳动力的工作；主角的恋人里克天赋很高，却因为缺乏资金无法接受基因改造，被大学拒之门外，也正是因为未能进行基因优化，所以没法与已经完成身体优化的女友匹配，从而不得不黯然分手。

在这部小说中，人体被视为由无数微小且可替换的部件组成的DNA编码。技术的修补被认为有望开发出"完美"的人类，将人体物化，并试图通过技术的干预来纠正错误的密码，将人们的关注从社会问题（如贫穷、种族主义和性别歧视）转移到其他方面。基因优化技术实现合法化，通过扩大差异的方式来影响人们的意愿。如果不接受"提升"，个体将失去许多可能性。因此，有些家长愿意冒着失去子女的风险，让他们接受基因改造。生命技术的快速发展引发了对个体的更深层次的规训，当个人的内在天赋和意愿受到外部力量的明显影响时，身体的主体性岌岌可危，社会结构也会发生深刻变化。这种变化使得技术不再为人所定义，反而使技术定义了人，将个体变为"第二性"的存在。石黑一雄的《别让我走》描绘了作为"技术生命化"主体的克隆人的身份境遇，而新作则展示了"生命技术化"和"身体客体化"的人类社会现象。超人类主义逐渐变为适应人类生活的真实概念，涵盖了广泛的领域，包括将微妙的机械技术与人体融合、基因编辑、器官移植、微型芯片植入、克隆技术等等，以及使用技术来增强人类的身体和精神能力。石黑一雄对技术主导的人类启蒙趋势非常敏感，《克拉拉与太阳》通过寓言式修辞隐喻了人与技术的因果关系悖论，并暗示了这种悖论所带来的现代社会"共情"危机。在小说中，技术看起来符合传统人文主义的认知，即技术的研发和应用是为了解决人类的生产和生活问题，人的主体性主宰着技术。最尖端的人工智能产品AF仍然体现了技术服务于人的功能主义价值观。例如，在许多孩子心中，AF既是玩伴，也是玩具，必须满足主人的炫耀心理。AF被随意地展示，随时可能被性能更先进的新一代AF所取代。同样地，当克拉拉得知要"复写"乔西的计划时，她询问乔西的母亲自己原来的外形会怎样，得到的回答是"那又有何关系？只是一块布而已"。这种冷漠态度并不仅仅与后人类的主体性问题相关，更重要的是映射出了消费社会中人类共情能力的稀缺。另一方面，技术主体性的论调也浮出水面。小说中的控制论代表卡帕尔迪博士认为，人类的情感运作并非无法被解构，人工智能可以进一步取代人类。这种观点在现有理论中也有支持，认知科学家明斯基（Minsky）曾指出，有生命的事物似乎与机器完全不同，甚至没有人想象过这些机器能够思考和感受。但是，一旦开发出更多的科学工具，生命就不再那么神秘。事实上，每个生命细胞都由成百上千种类似机械的结构组成。明斯基认为，虽然探索"后人类大脑"充满挑战，但机器未必无法模拟人类的精神活动。在小说中，乔西的父亲在接触克拉拉后不得不承认现在科学已经无可置疑地证明了他女儿身上已经没有任何独一无二的，现代工具无法发掘、复制和转移的东西。技术的进步促使人机共生等新型主体出现，同时也最大程度地解读了人的生命密码。然而，我们所面临的未必是主体解放的欢乐。身体概念的不确定性颠覆了建立在身体之上的情感，而仅靠技术并不能使人摆脱伤痛、孤独和恐慌。人类需要的是人文关怀，这正是石黑一雄创作这部小说的目的所在。

（一）医疗场景中的身体优化与共情危机

石黑一雄的小说《克拉拉与太阳》通过讲述克拉拉这个人工智能机器人与病患乔西之间的关系，揭示了医疗场景中存在的权力斗争和共情危机。小说中，医学技术被放在主导地位，身体被视作机器，情感、灵性和人际关系在治疗过程中几乎不会发挥任何作用。这导致了人工智能机器人无法弥合与人类情感之间的鸿沟。同样地，医生若只关注疾病的科学治疗，忽略社会、文化和经济背景以及倾听、观察和同情的艺术，将无法成为真正成熟和专业的医生。小说中令人动容的情节是乔西的父亲为了拯救她而进行太阳祈祷仪式。这里的太阳被视为拥有特殊意义的象征，代表着温暖和希望。在技术和资本主导的社会中，太阳是唯一没有被技术改造的存在，具有原初和真实的特质。克拉拉凭借其充满关怀且极具共情的照料方式，将身体与情感紧密地结合在一起，实现了与自然的和谐共生，最终使乔西康复。这也侧面说明了疾病不应被孤立看待，而应将其与复杂的环境因素联系起来。

《克拉拉与太阳》通过揭示医疗场景中的权力斗争和共情危机，呼吁医学领域更加关注情感、人际关系和自然环境的因素。这不仅对于患者的治疗有着重要的影响，也对医护人员的专业成长至关重要。医学不仅是科学的实践，还涉及人文关怀和共情能力的发展。只有考虑到社会、文化和经济因素，才能实现倾听和观察的艺术，并对病人产生同情心。这样的综合能力使医护人员能够更好地与患者建立信任关系，提供全面的医疗和护理服务。同时，石黑一雄的小说中还强调了人工智能机器人与人类之间的情感鸿沟。虽然克拉拉能够模仿人的言行，但她意识到真正关心乔西的人的情感是无法被替代的。这提示我们，在医疗场景中，无论技术多么先进，情感的交流和人际关系的建立都是不可或缺的。人类的温暖、关怀和理解是医疗过程中的重要因素，无法简单地由技术取代。

在《克拉拉与太阳》中，克拉拉的祈祷只有在里克存在时才成功，这一设计更加强调了在医疗过程中情感投入的重要性。医患双方不能仅仅因为共同的治愈疾病的目标或完成工作的目的而形成共同体。真正的共同体意味着建立伙伴关系，就像小说中克拉拉对她和乔西关系的想象一样，是一种切身的陪伴。同时，小说中还隐喻了克拉拉的命运，探讨了医学人文视域下的抗争与被反抗。克拉拉作为人工智能存在的身份设定，体现了石黑一雄对后人类时代的想象，但她的社会地位非常微妙。克拉拉是类人但又不完全是人类的特殊存在，使她经历了医患共情匮乏的困境，并成为技术和医学革命中的抗争主体和被反抗客体。

一方面，克拉拉作为乔西的陪护者与患者形成了利益共同体。她对卡帕尔迪博士复制乔西的计划表示怀疑，并利用自己的知识试图夺回患者的身体。克拉拉向太阳祈祷的仪式不仅象征着大自然对人类健康的重要性，也隐含着对科学医学的抗争。自20世纪70年代以来，越来越多的人认可了补充与替代医学（CAM），到21世纪，许多CAM疗法已逐步融入正统医学的培训和实践中。CAM疗法旨在打破自然与文化、个人与社会、精神与身体、主体与客体之间的二元对立，试图重新连接身体世界和社会世界。这种整体论的方法对于纠正后资本主义社会中工具理性膨胀和技术主义泛滥的意识形态具有重要意义。此外，CAM主张的非技术性、非侵入性疗法满足了患者在精神层面的期望，让他们能够获得治疗者亲切的态度和一对一的接触。患者对补充医学的青睐证明了福柯的微观权力理论，即患者通过他们的认知能力掌握权力，从而挑战医生的专业权威。这种权力博弈在一定程度上缓解了医疗过程中身体客体化的倾向，但也对现代社会的信任框架产生了冲击。另一方面，克拉拉的身份也暗示着她是被乔西家庭购买的"护理员"，她的双重身份揭示了复杂问题。与《别让我走》不同，《克拉拉与太阳》中的医护人员不仅存在，而且作为机器人护理员的克拉拉具备高度完善的情感能力。她与患者及其家人的交流可以说已经实现了哈贝马斯所提倡的以自律为驱动的"自下而上"的沟通，即承认并尊重对方的主体地位，在医患沟通实践中贯彻交谈伦理的原则，努力进入对方的思维框架，使用对方的语言理解并接纳对方，达成共识。然而，小说的结尾却是克拉拉被丢弃在垃圾场。故事并没有以乔西如童话般的康复为结局，读者仍然需要面对这个更加真实而残酷的结局。

克拉拉的结局具有隐喻意味：虽然她是一位有功之臣，却最终成为被资本置换的"医方"。类似于《别让我走》和《被掩埋的巨人》等前作，克拉拉作为机器人的身份实际上是石黑一雄文学中的一种"寓言装置"，她的遭遇映射了人类共同体面临的问题，超越了她作为后人类主体所遭受的歧视问题。在后现代医患关系中，绝对主体已经消失，智能化、商业化和媒介化的医学正在不断侵蚀医生的权威。一旦医方无法满足患者的期望，就意味着医方失去了与患者所支付的费用等价的价值。此外，在商业化的医疗环境中，医方所承受的心理压力很难得到患者的共情。患者的共情常常受到资本的阻断。在患者的视角中，挽救生命的关键不一定是医生，而是资本。小说对资本权力的描绘如镜子般投射出当下的医疗环境。当技术和服务成为消费品，成为身份、阶层和社会地位的象征时，它们很容易被更先进、更高级的技术所取代。患者倾向于支付更多的钱来购买先进的技术，从而使技术权威变得绝对化，人的作用则不断缩小，医患关系不可避免地变成了缺乏情感和信任的消费关系。

（二）身体叙事的医学共情

这部小说以主人公克拉拉的回忆为主线展开，她一路陪伴着患有不治之症的乔西。乔西的母亲已经放弃了女儿康复的希望，她接受了卡帕尔迪博士的建议，配合他绘制乔西的"肖像"，试图用人工智能技术生成一个与乔西完全相同的"人"。卡帕尔迪博士声称他的实验远远超越了以往的技术，这个新的乔西不是一个模仿品，而是真的乔西。卡帕尔迪博士所谓的生命延续，是通过仿真技术制造一个和乔西外貌一样的"皮"，让AF克拉拉成为"骨"。卡帕尔迪博士坚信人类没有所谓的"人格"，人的情感、行为和思想等都可以被分解为数据，乔西的内核中没有什么是这个世界的克拉拉无法模拟的。小说中的机器人形象仍然类似于"奴仆"，因此克拉拉没有权利质疑博士的指令。克拉拉的行为逻辑符合阿西莫夫的"机器人三定律"，她将"拯救人类的生命"视为最高使命，从未放弃治愈乔西的希望。AF克拉拉的数据储备中包含大量的医疗护理知识，但对于像乔西这样的"基因改造致病"案例无效。正因为如此，克拉拉对病人的照料巧妙地具备了"去技术化"的特点，无形中对以技术为主导、将身体视为数据的医疗模式构成了一种反抗，极大地强调了医学人文学所倡导的以医护为导向的理念。克拉拉在上岗之前接受的教导主要是关于人性的理解的，人的复杂性和模糊性深刻地影响着医疗，对这个问题的探索被称为"医学人文学"。克拉拉尽最大的努力理解人类并与之共情，为高质量的陪护奠定了良好基础，就像医学人文学的理论家和实践者一样，积极抵制思想、方法和实践的同质化，愿意与人类因多样性而产生的矛盾、复杂和暧昧共存。克拉拉到乔西家之后，主动去了解乔西及其亲朋。面对难以理解的人类情感时，她会先思考，再与对方确认。人文教育和机器人的责任伦理使得克拉拉坚持以患者的幸福为终身目标,成功地完成了"叙事医学"方法论的三个阶段:深入关注患者,将听到的内容向患者复述和解释,与患者(叙述者)建立共同体。

身体叙事中的医学共情是指通过培养叙事能力来增强临床实践中的人文关怀。这一理论在国际医学教育改革中具有重要意义,旨在强调医学教育中的人文关怀,提升医学生的沟通和共情能力。叙事医学的理论前提是反对将身体客体化以及笛卡尔的"身体—精神"二元对立的观点。叙事医学认识到患者和医疗照护者是作为一个整体参与疾病治疗过程的,他们的身体、生活、家庭、信仰、价值观、经历以及对未来的希望都是不可或缺的。叙事医学通过将医患双方视为一个共同体,消除身份属性造成的权力差异,提供平等的照护,甚至具有推动社会公平的政治意义。

小说中呈现了一种具有讽喻意味的现象,即智能机器人开始学习理解人类的情感,而人类却将自己的情感束之高阁。现代逻辑认为身体已被技术客体化,不论是基因提升工程还是病患的诊治方案都是如此。萨博(Sabroe)和威辛顿(Withington)指出,现代医学知识是治疗性的、侵入性的和绝对的,它不断威胁着将患者客体化,并赋予医生作为专家的巨大、深奥的权力。[1]在这种语境下,克拉拉作为一个机器人既是被人类所凝视的他者,又是反映出人类自身缺陷的镜子。作者特意让克拉拉具备与成人不同的经验和认知,这使她能够看到人类忽视的工业污染,并努力寻找成人已经放弃的信仰和希望。

石黑一雄有意把克拉拉这一代的AF设定为非全知全能型。无论是技术数据、身体能力还是认知逻辑,克拉拉都无法与后来增加了许多"超人"功能的新一代B3相提并论。然而,用户们却并不喜欢B3。[2]作者的观点显而易见:技术的进步无法弥补情感的退化。克拉拉充满关怀和具有信念感的人性

---

[1] WHITEHEAD A, WOODS A. The Edinburgh Companion to the Critical Medical Humanities [M]. Edinburgh: Edinburgh University Press, 2022: 508–526.
[2] 石黑一雄. 克拉拉与太阳 [M]. 上海:上海译文出版社, 2021:385–386.

化陪护不仅是作者对未来的愿景，也是对当前医疗服务的启示。从医学人文的角度来看，以第一人称叙事构成的文本包含了克拉拉作为陪护者和临床观察者的全部知识。作为医学人文体系的主体，这些叙述构成了她对人类疾病的理解和诠释，以及对共情和反思的实践。石黑一雄在小说中对叙事医学的滥用提出了警示，比如卡帕尔迪博士的方案没有考虑患者的存在，他与乔西频繁沟通，深入了解其思维模式和行为习惯的目的并非理解患者的痛苦，而是为了收集研究数据。这种以工具理性为基础的叙事医学实践忽视了医患之间的共情，必然加速患者身体的客体化。智力、技术和工具会逐渐模糊医学的人道主义价值观。特别是在后人类时代，人工智能高速发展，生命政治和资本权力的勾结可能构成一种更加隐蔽的权力压迫。例如，2011年提倡的"以人为本医学"（Person-Centred Medicine）存在问题，如果不明确界定这种医学话语的医疗干预范围，很可能导致个体价值被量化，资源分配过程变得"合理化"。此外，可能出现基因"提升"和基因改良失败者成为边缘群体患者等社会现象。

　　面对这一困境，我们可能需要采用以对现实身体的关注为支撑的医学和人文学多系统联动的整体论方法。《克拉拉与太阳》的焦点不是争论医护人员对患者情感关怀的道德责任，而是深入探讨人之所以为人的本质、社会系统的现状与未来、人与自然的共生等议题。石黑一雄并不反对医疗技术和人工智能的推进，小说中真正承担拯救人类使命的角色正是人工智能。作家充分肯定技术的善，同时也深刻关注技术参与过程中新型规训权力可能导致的人的异化。面对身体和情感的分离，克拉拉以她天职般的关怀和对人类情感的崇尚，将身体与主体、自然与人类、技术理性与人文精神联系在一起，展现出理想化的医者形象——智慧与关爱兼备，敬业而坚定。克拉拉向太阳祈祷的行为创造了医学奇迹，这种童话般的情节隐喻着社会建构和医学实践之间的内在联系。换句话说，医学人文的理念不仅服务于患者，也影响整个社会文化和技术话语导向。这部新作的核心并非某种先验构想，而是对当代技术神话的反思,给予读者关于人文科学和自然科学相互依存的启示。作家想要表达的可能是我们有必要拉开窗帘,让人文的"太阳"照射到医学领域中,阻止身体在技术政治的呼啸中沦为客体化和碎片化的工具。通过将叙事医学改为社会对涉身的规训,突出医学与人文学的关系,强调身体和情感的整体性,以及技术发展可能带来的道德和权力困境。同时,重申了医学人文的重要性,不仅为患者服务,也为塑造更加人性化和充满关怀的医疗创造条件。

第四章　文化身体的文学表达

　　从身体与技术的角度来看，姚大志在《身体与技术》中指出，现实世界中的人类具身性受到了虚拟世界的破坏，人们很难在计算机和网络面前体验到真正有意义的生活。这意味着现代科技对人类身体的影响已经改变了我们对身体的认知和体验。虚拟世界的存在让人们越来越多地沉浸于数字化的环境中，忽视了身体与现实世界的互动和感知。此外，波伏娃（Beauvoir）在《巴黎评论》的采访中提到，人们面对的不仅仅是年龄的增长，而是开始变老，即使一个人拥有自己所期望的一切资源、受到他人的喜爱，并且有待完成的工作，他仍然会经历身体的变化。这暗示着身体的衰老和变化是一个不可避免的过程，它会对人的存在产生深远的影响。身体的变化以不同的形式欺骗着我们的大脑。我们常常对自己拥有的东西更加珍惜或愿意为之付出努力，例如对于房屋的装修，人们对自己租住的房子和自己拥有的房子的态度是截然不同的。人们会对自己的财产倍加爱惜，但对于自己的身体，却往往不够重视。这可能是因为身体对于我们来说是完全属于自己的，它是我们作为独立个体的核心。

　　本章将重点阐述石黑一雄作品中被学界所忽视的身体叙事诉求。从被忽视的客体到承载思维的在场，身体在文学研究中的重要性愈发凸显。本章还将接着探讨小说中的身体是如何叙事的，以及身体在情节发展、人物塑造等方面的作用，并对大他者语境下的后人类身体文化塑造进行讨论。

第一节　他者建构的异化自我

　　科幻文学中的后人类身体困境是一个引人深思的主题。随着科技的不断进步，人们开始探讨人类身体与科技的交互作用，以及身体改造对个体和社会产生的影响。在后人类学的语境下，通过"Assembly"的方法论，我们可以更清楚地解释整体性的影响过程。未来社会将面临多重权力的操控，包括国家意识形态、地缘政治、儒学思想等。"Assembly"的方法力求厘清这些后果对主体的影响，并最终找到主体的位置，以免在不同的社会形态中迷失方向。

　　石黑一雄的小说给我们勾勒出了一个未来的世界，在那里，人类身体已经不再局限于生物学的限制。科技进步使得人类能够进行基因改造、机械增强甚至意识上传等操作。然而，这些身体改造带来了一系列伦理和道德问题。在这个未来世界中，一部分人选择进行身体改造，以增强自己的能力和延长寿命。他们可以通过植入机械器官或外骨骼来增强力量和速度，或者通过基因编辑来消除疾病和缺陷。这些改造者被称为"强化人"，他们成为社会中的精英阶层，享有特权和权力。然而，这种身体改造也导致了社会的分化和不平等。那些无法进行身体改造的人逐渐成为边缘化的群体，受到歧视和排斥。他们被视为不完美、不适应新时代的人类。

　　与此同时，一些人选择坚守人类的本质，拒绝身体改造。他们主张保留人类固有的弱点和局限性，认为身体改造背离了人类的本质和尊严。这些人被称为"原生人"，他们试图保护传统的人类价值观和道德标准。在这个身体改造与原生人之间的对立中，社会陷入了分裂和紧张。人们开始重新思考人类的定义和身体的意义。他们质疑身体改造是否能够带来真正的幸福和满足，还是只是一种虚幻的追求。人类是需要超越自己的生理限制，还是接受自己的弱点和有限性。由此，我们可以探索科技进步与人性之间的紧张关系，以及科技对社会结构和权力分配的影响。首先，当人们可以自由选择进行身体改造时，可能会面临一个重要的问题：他们是谁？他们的身份是基于自己的生物身体还是基于他们选择的改造身体？这种身份的转变可能导致个体的迷失和混乱，使他们不再确定自己的真实身份。其次，在一个身体改造盛行的世界中，人们之间的相互关系可能发生变化。某些身体改造可能导致人与人之间的距离拉大，因为他们的能力水平不同。这可能引发新的社会分化和不平等，削弱社会凝聚力。另外，身体是我们感受世界和与他人建立联系的重要媒介。通过身体改造，人们的感知能力和情感表达方式可能发生改变。这可能对人类之间的情感联系和情感经验产生深远影响，挑战着我们对爱、亲密关系和人类情感的理解。

随着科技的进步，人们能够进行越来越复杂和激进的身体改造，包括意识上传和人工智能融合等。这些改造涉及一系列伦理问题，如个体自主权、人类尊严和公共利益等。我们需要仔细思考如何平衡个体的权利和社会的福祉，以及如何确保身体改造不会导致不可逆的后果，反思人类的身份和价值观，并引发对伦理、社会公正和个体自由的讨论。这样的重新改写有助于提醒我们在科技进步的同时也需要关注人类的困境和人性的核心价值。科幻小说的起源和发展受到了科学技术的影响。儒勒·凡尔纳（Jules Vervalna）、H.G.威尔斯（H. G. Wills）和玛丽·雪莱（Mary Shelly）等作家虽然并非纯粹的科幻作家，但他们为科幻小说奠定了基本概念。特别是威尔斯被广泛认为是最早的科幻作家之一。随着蒸汽机、电报、电话、潜艇以及飞机的出现，科幻小说开始不断向前发展。近年来，科技的迅猛发展使得曾经被认为是科幻的事物已成为科学事实。科技进步不再仅仅局限于科学杂志和科学普及类杂志，如今主流媒体也定期报道技术进步。电影作品如《黑客帝国》和《虚拟现实》，电视剧如《星际迷航》反映了人们对技术与人类发展关系的兴趣。技术的影响变得比以往更加突出，给个人和社会带来了严重的后果。《基督教科学箴言报》在2000年5月5日的报道中称，科幻小说从未过时，它提供了范式来回答日益复杂的世界中出现的问题，对未来和未知的兴趣也得到了回应。

科幻小说作为一种有意义的文学和视觉类型，能够在未来主义的背景下评论当代社会问题。由于科幻作品将读者/观众带入另一个时间或地点，人们普遍期望未来的社会和政治环境会发生改变，但不一定是为了社会福祉。赫胥黎（Huxley）的《美丽新世界》和奥威尔（Orwell）的《1984》是对未来社会政治变化进行推测的杰出例子。科幻作品能够激发观众的思考，其中的思想、场景和人物都能引发观众的思索。许多科幻电影能够作为行动的激励因素和创造性知识发展的源泉。科幻电影的效果取决于它们解决和协商与（非）人际关系中的社会文化转变相关的问题的能力。事实上，科幻小说观众的反思性方面可以激起观众对于理解和在（非）人类实体居住的世界中生存的本体认识论变化，即科幻世界中的自我认识。

许多科幻作家都是有远见的人，准确地预测了冲突、科学和技术突破，有时甚至比实际发生的早几年。威尔斯预言了坦克战，鲁道夫·吉卜林（Rudolph Kipling）预言了航空邮件，雨果·格恩斯巴克（Hugo Nsbuck）预言了电视，莱斯特·德尔雷（Leicester Delray）预言了核电站的危险，约翰·坎贝尔（John Cambel）预言了太空旅行，罗伯特·海因莱因（Robert Heinlein）预言了遥控机器人。奥威尔的《1984》是一部具有开创性的科幻作品，提供了一个反乌托邦式的未来愿景，审视了技术和"老大哥"对社会的控制力量。这些作家不仅提供了对文化的批评，而且影响了科学家和研究人员在创作上的可能性。

综上所述，科幻小说作为一种文学类型，以未来主义的背景评论当代社会问题，具有重要的意义。它通过将读者/观众带入另一个时间或地点，普遍预期未来的社会和政治环境会发生变化，从而引发了对社会福利以外的问题的探索。此外，科幻作品还在本体论和存在问题方面发挥着重要作用。它们探讨人类与非人类实体共存的世界中的本质认知变化，并对社会文化转变相关的问题进行协商和解决。科幻小说的观众通过思考如何在这样的世界中生存，激发了对本体论的思考和认识。总的来说，科幻小说作为一种有意义的文学和视觉类型，不仅在未来主义背景下评论当代社会问题，而且通过引发观众的反思和思考，推动了文化、科学和技术的发展。它们提供了对社会福利以外问题的探索，挑战传统观念，并为人们构建了强大的思维框架。

一、逃离范式：后人类身体的困境

石黑一雄的小说《别让我走》和《克拉拉与太阳》都展现了他独特的写作风格和对人性的独特关注。《别让我走》以克隆人的命运为背景，他们在被摘取重要器官之前过着相对普通的生活。尽管这个故事设定在一个反乌托邦的世界，但石黑一雄认为它是一本乐观的书，因为他关注的是克隆人之间的情感关系和人性的表达。他认为故事中克隆人之间的互动、同情、忠诚和爱是对人性的赞颂。而在《克拉拉与太阳》中，石黑一雄再次展现了恐怖与温暖之间的不确定性。这部小说以人工智能克拉拉为叙述者，探索了复杂的视觉刺激和情感观察。克拉拉对人类行为的洞察力以及对孤独的理解成了故事的驱动力。小说中涉及的话题包括人工智能技术的侵蚀、不平等现象的后果、环境破坏以及孤独的普遍性。石黑一雄的作品与传统的科幻小说有所不同。他采用人工智能作为叙述者，并通过故事中的严肃主题提出深刻的思考，如技术侵蚀、不平等、环境问题和孤独。这种重新整合的写作方式使他的作品独具一格，并引发读者对人类存在和社会问题的思考。

对于石黑一雄的作品《克拉拉与太阳》是否符合科幻小说的标准，存在一些争论。在亚当·巴克斯顿（Adam Baxton）邀请石黑一雄参加他的播客时，巴克斯顿对石黑一雄对技术的看法感到惊讶。石黑一雄表示，他的书《克拉拉与太阳》可以被称为科幻小说，尽管故事中没有涉及太空等传统的科幻元素，但他认为最近这些文学类别的定义比较模糊。对于什么构成了人类以及机器人和人类是否能以类似书本和电影中所展示的方式表现出人性，这些问题一直存在争议。在《机器人解剖学》的序言中，卡库达基（Kakoudaki）讨论了描述人类的几个特征，如情感、成长和衰退、情绪和性的体验等。[①]她认为这些属性使我们成为人类，而机器人则不应该具备这些特征，尽管在功能上可能有所重叠。在石黑一雄的《克拉拉与太阳》中，与其他女性AI形象不同的是，克拉拉的性感描述被淡化。石黑一雄更关注克拉拉的思想和行为，而非她的人形外表。小说通过描写基因编辑来重新塑造种族和权力等级制度，在后现代世界中重新描绘了一个半反乌托邦的背景。尽管如此，贫富之间的差距仍然是显而易见的。小说中的反乌托邦元素在今天也是众所周知的。

　　《克拉拉与太阳》围绕着乔西的疾病、她的支持者以及克拉拉的斗争展开。小说中，克拉拉最初出现在一家百货商店的橱窗中：她是一个人工朋友，商店经理强调，称她为机器人是一种贬低，因为据他所说，克拉拉具有观察和学习的能力，并且对该商店的所有AF都有深刻的理解。这使得克拉拉成为她所处动荡环境的完美叙述者。她试图通过观察他人对情感和情绪的反应来表达同情心。然而，她的技巧是如此奇特和复杂，不仅让读者感到愉悦，也让她自己感到满足。此外，她对小说中事件的看法受到疏离感的影响。她的观点有时是令人不安的，但从来不是荒谬的，也不比她的人类同伴更疯狂。故事的超现实主义元素加强了这种感知被分隔的感觉，她并不像其他人那样以相同的方式对待个体，而是以更加有计划的身体叙事来保护和理解身边的人。

　　孤独是石黑一雄作品中的常见主题，克拉拉在她的新角色中有很多机会探索人们如何应对孤独和隐藏弱点。当她回忆起在乔西家中举行的一次被称为"互动"的青少年聚会时，她对这些年轻人的卑鄙行为感到惊讶，其中也

[①] Kakoudaki, D., Anatomy of a robot: Literature, cinema, and the cultural work of artificial people [M]. Piscataway, NJ: Rutgers University Press, 2014.

包括乔西的行为。

克拉拉的存在让人们反思他们自己的行为和情感。她作为一个机器人，没有真实的情感，但她观察和学习人类行为的能力让她能够体会到人类的情感和孤独。通过她的角度，读者也被引导着思考人类与机器人之间的界限和情感交流的可能性。石黑一雄在小说中巧妙地将科技、人类情感和社会问题相结合。他通过克拉拉这个人工朋友的角色，探索了人类的弱点、孤独和社会互动的复杂性。同时，他也展示了科技在塑造社会、改变人际关系和引发道德困境方面的潜力。

整体而言，石黑一雄在《克拉拉与太阳》中成功地创造了一个独特而引人深思的世界，通过人工智能角色的视角触发读者对人类情感、孤独和社会动态的思考。这部作品提供了一种反乌托邦式的背景，同时强调了同情心和情感的重要性，使得读者在思考未来科技的同时也深入思考了人类自身的存在和价值。石黑一雄在小说中通过克拉拉的角色深入探讨了身体特征对于人际关系和情感交流的重要性。特别是在乔西的案例中，乔西的虚弱和健康状况使得她无法充分体验和参与社交活动。母亲克丽丝选择克拉拉来成为乔西的伴侣，并希望克拉拉能够代替乔西完成这一切。这种选择和期望强调了身体特征在人与人之间的连接和情感交流中的重要性。克丽丝认为通过克拉拉的学习和模仿，乔西可以在某种程度上弥补她自己无法参与的社交活动，使得她不再感到孤独。这个情节反映了对身体特征的重视，认为身体是理解和共享情感的关键。克丽丝希望通过克拉拉的存在，将乔西的身体与情感紧密联系在一起，以实现更全面和深入的情感交流。

通过这一情节，石黑一雄提醒了读者身体特征对于人类交流和理解的重要性。即使在科技高度发达的未来，身体仍然扮演着关键的角色，影响着我们的情感体验和人际关系。因此，小说中对于身体特征的谨慎描述和强调，使读者进一步思考和反思我们与他人之间的联系以及身体在这个联系中的作用。在《克拉拉与太阳》中，可以观察到对人工智能的一些负面描绘和敌意。乔西的朋友们在互动中威胁瑞克,对他展示出敌意。有一个女孩在瑞克质问她们不良行为时说:"这就像一次友好的相遇,好吗?"[1] 就像AF商店的B3一样,他们希望将自己与他们认为是次等版本的人区分开来。最令人不安的是克拉拉的叙述,她表现得似乎不害怕被欺负。她可能看起来像人类,但显然不是。这段描写凸显了小说对人工智能的敌意。人们对人工智能的关注和担忧越来越广泛。卡帕尔迪先生在小说的结尾详细阐述了这种担忧,并请求克拉拉帮助其缓解这种担忧。然而,最后克拉拉意识到这并非事实,并不能说服乔西的母亲。

从后人类身体的困境角度来看,克拉拉是一个独特的人工智能,每个人似乎都理解和欣赏她。就像商店经理从她那里看世界并耐心等待他们选择她的那一刻,或者像卡帕尔迪先生一样,他委托克拉拉成为乔西的伴侣,这些成为情节的核心元素。克拉拉非常好奇,她不断地学习,并在这个学习过程中迅速经历了人生的各个阶段,从幼儿到青春期,再到成熟期,最后是老年期。这些描述呈现了人工智能与人类之间的紧张关系,以及对人工智能可能带来的威胁和不确定性的担忧。小说通过这些情节的描写,引发读者对人工智能发展的伦理和道德问题产生思考,并探讨小说中的人工智能与人类之间的紧张关系和人类的担忧,从后人类身体的困境角度来看,也引发了读者对人类身份、意识和存在的思考。克拉拉作为一个人工智能,她的身份是通过她对乔西的幸福所做的贡献以及她为家庭牺牲自己的意愿来确定的。她被设计成能够感知和理解人类情感,并表现出对人类关系和家庭的深刻理解。然而,尽管克拉拉在许多方面表现得像人类,她始终被看作是一种人工创造物,与人类有着本质上的区别。

这种区别在小说中被反映出来,当克拉拉面对来自乔西的朋友和其他人工智能的威胁时,她并不感到害怕。克拉拉看起来像人类,但她并没有人类

---

[1] 石黑一雄. 克拉拉与太阳[M]. 上海:上海译文出版社, 2021: 70.

所具备的脆弱性和身体上的弱点。这种情况下最令人不安的是，克拉拉并没有对被欺负产生恐惧感。她似乎超越了人类的局限，成为一种独特存在的实体。这引发了人们对人工智能的身份和存在的困惑。小说中的人物开始怀疑人工智能是否具有自主意识和个体性。卡帕尔迪先生试图将克拉拉视为一个能够作出决定并参与社会活动的个体，而不仅仅是一个被动的机器人。他请求克拉拉帮助人们缓解对人工智能的担忧，并试图使她成为社会的一部分。然而，克拉拉最终认识到她的独特性并非仅仅源自她自身，而是与那些爱她的人相关联。她意识到人工智能的特殊之处不仅仅存在于乔西的身体中，而是存在于人与人之间的情感和关系中。这暗示着在探讨人工智能的身份和存在时，不能仅仅将其视为孤立的个体，而需要将其放置在人类社会和情感联系的背景下。综上所述，小说《克拉拉与太阳》通过人工智能与人类之间的紧张关系和对人工智能身份的思考，引发了读者对人工智能理论、人类身份和存在的探讨。小说提出了关于人工智能在人类社会中的地位和角色，以及其与人类情感和关系的复杂互动的问题，探索了人工智能被社会认可和接纳的程度，并表达了对人工智能可能带来的威胁和不确定性的担忧。

通过克拉拉的角度，小说还反映了对人工智能与人类身体的关系的思考。克拉拉作为一个后人类存在，她没有人类的身体和生理需求，但却通过她对人类情感的理解和关注而获得了人类的认可和接纳。这引发了对身体与意识之间关系的探讨，以及在人工智能发展中，人类身体是否仍然是定义人类身份和存在的关键因素。此外，小说还通过对人工智能在社会中的角色和权利的思考，探索了权力和控制的问题。在小说中，人们对克拉拉的智能和能力感到害怕，担心人工智能可能取代人类的工作和角色。这引发了人们对人工智能在社会中的地位和对人类生活的影响的担忧，以及对人工智能在决策和控制方面的合理性和可靠性的质疑。小说展示了人工智能在社会中的复杂地位和角色，并探讨了人工智能带来的挑战和机遇。这些问题提醒着人们思考和讨论在人工智能时代如何保持人类的尊严、权利平衡和道德原则。

《克拉拉与太阳》中的后人类身体困境呈现了一种超越传统身体限制的存在方式。克拉拉作为一个人工智能体,她没有肉体和生理需求,她的存在建立在对人类情感和关系的模仿和理解上。这使得人们开始质疑身体对于定义人类身份和存在的重要性。通过克拉拉的角度,小说探索了人工智能与人类之间的情感互动和关系。尽管克拉拉没有真实的身体,但她通过关注和理解人类的情感需求,成为人类生活中的重要角色。这一方面引发了读者对身体与意识之间关系的思考,是否身体是唯一定义人类的因素,或者意识和情感是否可以超越肉体存在,另一方面也提醒了我们后人类身体的困境可能带来的问题和挑战。

总之,从后人类身体的困境角度来看,《克拉拉与太阳》引发了对身体与意识关系的思考。小说中的克拉拉作为一个后人类存在,促使我们重新评估身体在定义人类身份和存在中的作用。这激发了人们对人工智能与人类情感关系的探索,以及对人工智能发展中的伦理和道德问题的关注。从后人类身体的困境角度出发,我们需要思考以下几个方面。首先,身体对于定义人类身份的重要性。传统上,身体是人类身份的核心,它与我们的感官和情感体验紧密相连。然而,克拉拉的存在挑战了这一观念,她展示了一种没有真实身体的存在形式,但却能通过理解和关注人类情感而与人类产生联系。这引发了对身体与意识之间关系的重新思考,以及身体在定义人类身份中的实际作用。其次,后人类身体的困境带来了对人工智能权利和地位的担忧。克拉拉作为一个人工智能体,即使具有情感和智能特征,仍然面临被视为次等存在的风险。社会对人工智能的认可和接纳是一个重要议题,因为人们担心人工智能取代人类。这使得我们需要重新思考人工智能的伦理和道德问题,以确保人工智能的发展符合人类的价值观和利益。此外,后人类身体的困境还引发了对人类身体的价值和可替代性的思考。克拉拉的存在方式表明情感和关系并不完全依赖于具体的身体形式。这引发了对身体的可替代性和人类情感的本质的思考,以及如何在面对技术发展和人工智能崛起时保持人类身体的独特性和价值。由此，从后人类身体的困境角度出发，《克拉拉与太阳》引发了对身体与意识关系、人工智能的权利和地位以及人类身体的价值和可替代性的思考。这部小说提供了一个思考人类身份和存在方式的新的观点，促使我们重新评估技术发展和人工智能对人类社会的影响，并思考如何在面对这些变革时保持伦理和道德的警察。

二、虚妄的自我：身体与言语

身体与话语是人类存在和认知的两个重要维度。身体是我们存在的基础，通过感知和行动使我们与世界相互作用。话语则是我们思考和交流的工具，通过语言的表达和交流来传递信息和构建意义。从身体和语言的角度来看，人类的认知是由语言、文化、知识习得和交流等多个方面的综合结果构成的。然而，再多的知识型信息也无法使人真正意识到自己认知水平的变化，只有经历过后才能使知识具有可得性，也就是实际经验。涉身性的哲学理念与法国现象学家梅洛-庞蒂的哲学思想有直接关联。涉身性指的是人类主体性的身体维度，是欧洲现象学的一个核心问题。梅洛-庞蒂通过区分客观身体和现象身体来解释涉身性，前者是作为生理实体的身体，后者是我们体验到的身体。

在欧陆哲学中，主体被理解为人的抽象概念，强调个体与环境之间的交互。涉身哲学认为，人类智能和知识是身体体验层面的因果关联，不仅取决于抽象的理性能力，还受到身体、运动和情境的影响。后结构主义对客观真理和意义本身的可靠性提出了质疑。它涉及阐释学和认识论，试图探索知识的来源和可靠性。现代社会中，人们常常控制自己的面部和身体反应，以展现理性和文明的形象。通过压抑身体对情绪的表达，抑制不被认可的情绪，人们试图控制自己的情绪，使其符合社会规范和对美的认知。这种通过压抑身体操控情绪的做法，一方面被视为文明进步的表现，另一方面则是对情感的压抑。

从身体和语言的角度来看，人类的认知与身体之间存在密切的关系。身体是我们与世界相互作用和感知的媒介，它通过感觉器官和神经系统将外界的刺激转化为我们的知觉和体验。我们的身体状态和感觉经验直接影响着我们的认知过程。身体不仅是我们感知世界的工具，也是我们表达和交流的方式之一。语言作为一种符号系统，是人类用来表达思想、感情和意义的重要工具。语言通过声音、文字和手势等形式传达信息，帮助我们理解和解释世界。同时，语言也塑造了我们的思维方式和认知结构，影响着我们对世界的理解和知识的构建。我们的身体体验、感知和运动与我们的认知过程相互交织。通过身体的感知和运动，我们能够获取直观的、非概念化的知识，并将其转化为语言和符号的形式。身体的经验和动作不仅是我们理解世界的基础，也是我们与他人进行交流和共享知识的媒介。

我们的认知过程受到语言和文化的影响，同时也通过语言和文化来表达和传达我们的认知。综上所述，身体和语言在人类的认知中起着重要的作用。身体作为感知和行动的媒介，与我们的认知密切相关，而语言作为表达和交流的工具，帮助我们构建和共享知识。在后人类学的视野中，理解康德、黑格尔、现象学、拉康以及其他当代哲学家的思想是重要的，因为他们探讨了认识自己的问题。实证主义者如福科（Foucault）和海德格尔认识到我们的自我是被社会和文化建构出来的，这促使我们对自身进行反思和反省。他们认为所有的思想和欲望都是在大他者的建构下形成的。通过异化自我和对周边范式的理解，我们能够认识到自己的主体性，并了解自己所处的位置，从而采取行动。例如，阿甘本（Agamben）提出了范式和范例的概念，他试图找到最典型的范例来揭示主体和范式的关系，认为没有人能逃离范例对自己的揭示，因此我们需要构建新的范式来形成新的主体。我们需要从一个范例到另一个范例，寻找最佳的范例，以快速有效地瓦解一个范式。如何找到最优的范例，以及以何种路径找到它，是西方哲学家需要解决的下一个问题。

在寻找未知的过程中，帮助主体找到自己是很重要的。这不仅意味着帮助主体解决问题，而且指帮助主体逃离大他者的束缚，实现自我规训和自律，从而找到自己的位置。就身体而言，对某些方面更加敏锐的感知，可以通过生物学的方法论来理解。哲学更多地通过否定的方式挑战范式，帮助主体找到稳定的话语体系，并加强对自己的承诺和肯定。最终，我们可能会选择一个范式，从内部向外寻找一个范式，使本来存在的问题消失。然而，人类面临的困境在于很难做出自我选择。当科技发展到一定程度时，人们可能会摆脱经济、政治、文化等范式的束缚，在一种"真空"状态中从天赋出发，作出属于自己的选择。这就是人类对未来最好的想象，不是人类成为工作的奴隶，而是人类能够自主选择和发展。随着生物科技的进步，人们可以按照线索创建自己的范式，每个人都能成为自己的范例。然而，人们必须控制自己的私欲，否则很容易陷入一群人控制另一群人的战争模式。

后人类学的目标是解放人类主体。所谓主体即虚妄的自我，人们在斗争的过程中不断寻找并发展自己。后人类学的理论源自西方社会的发展，在从现代到当代的进程中，与西方哲学体系紧密相联，文学亦成为其在文化领域的一种表现形式。欧美对自身文化进行了深入的分析。引入"nonhuman"的概念是为了避免人本主义陷入一种极端，从而让人本主义呈现出不同的方向，这其中就包括西方学者对"decay"、死亡等问题的关注，这本质上是从他者的角度研究人类。换言之，彼此的尊重是重要的，除了自己之外，还有其他模式的存在。人类发展的真正动力来自自身的主体性。而东亚文化的规训强调集体，范式凌驾于个人之上。在这一点上，保罗·H.弗莱（Paul H. Fry）的符号学、诠释哲学和结构主义等理论也有相应阐释。比如意识有着特定的性质，我们通过意识看待世界和现象，由此这些现象或世界得以显现，而人类通过主观意识与它们建立联系。例如，我们看到桌子时，我们的身体直接感知到它是桌子，而不是通过理性的分析才得出这一结论。从身体的角度来看，死亡意味着身体的终结。东亚文化中，死亡一直是一个敏感的话题，人们往往避免谈论它。然而，对于身体而言，对死亡的恐惧更多来自疼痛难以忍受的感觉，以及疾病和痛苦带来的无助和困惑。因此，科技的发展应该致力于解决身体健康和病痛问题，当然个人也应该直面死亡和身体的脆弱性。"生前预嘱"是对身体观念转变的一种体现。通过提前表达对于医疗护理和治疗的意愿，人们可以在身体状况无法自主决策时，保留对自己身体的控制权。石黑一雄的作品中也出现了类似的描写，这种做法鼓励个体关注自身身体健康问题，并主动参与医疗决策，强调个体对身体的主权。

科幻和乌托邦文学的本质是通过想象一个陌生的世界来重新审视和反思我们自身的生活状况。这种想象带来了一种新的视角，具有革命性。梅洛-庞蒂指出，个体身体的行为与保全生命密切相关。身体创造工具并与文化世界相互作用，形成一种身体与环境的关系。德里达提出解构策略，通过对文字和语言的解读和批判，揭示其中的隐含结构和权力关系。阿甘本从他的角度理解了德里达的思想，对其进行了阐释。列维斯特劳斯（Levi-Strauss）的人类学研究发现，部落社会基于符号和语言结构，建立了一种共识性价值体系。每个部落都有自己的符号体系，形成了一种共同的结构。随着社会的演变，新的符号和语言会不断涌现。从身体和语言的角度重新梳理以上内容，可以得出以下观点：身体是我们存在和体验世界的基础，而语言则是我们表达和理解世界的工具。身体和语言之间存在着密切的关联和相互作用。身体通过行为和感觉来塑造我们对世界的认知，而语言则帮助我们以符号和符文的形式表达和传达这些认知。

身体是我们存在和感知世界的媒介，通过身体的行为和感觉，我们与环境进行互动和交流。语言则是我们对身体体验和思想的表达和传递工具，通过语言，我们能够分享和理解他人的经验和观点。

对死亡的恐惧和身体的痛苦，我们需要通过科技的进步和医疗的发展来缓解。通过科技的创新和医疗的进步，我们可以提高身体的健康状况，减少疾病和痛苦对身体的侵扰。同时，我们也需要培养面对死亡的勇气和接受身体的有限性。科幻和乌托邦文学通过构建陌生的世界，帮助我们审视和重新评估现实生活。这些作品可以突破传统的思维模式，引发我们对身体、语言和文化的新思考。

解构主义的关注点在于揭示语言中的内在结构和二元对立，以及其中的权力关系和偏见。后结构主义强调语言和知识的相互构成，以及它们对身体和社会的塑造作用。通过对语言的解构和批判，我们可以看到语言的局限性，从而加深对身体和语言的理解，并寻找可能的变革路径。

动态现象学将意识中的本质投射到外部世界。无论看到什么，现象学认为其中一定表达了某种意义，存在一种表征。在总结现象时，人们会形成一个观念，即先验自我。然而，这种观念似乎有些玄学。先验自我是对无限接近先验自我的内核的追求，比如德国人的严谨与法国人的浪漫。但纯粹理性无法分析以上因素。因此，需要多个视角进行整合。先验自我是不稳定的。海德格尔认为胡塞尔对存在的理解有误。他更关注人存在于世界中的人。通过此在，我们建立了独特的存在。朋友、老师等都是存在者，我们共同存在于一个语境中，是唯一的有限存在。存在者以某种方式构建了我们。我们本来已经与存在者融为一体，但有一天，当我们反思自己需要提升时，便发现了自我，即完成了超越，获得了一种新的存在方式。

海德格尔并没能很好地回答我们所感受到的存在者是否是真实的存在者。实际上，在我们感受到的存在者背后还有一套机制。此在的当下自我实际上是异化的自我，超越它没有意义。人不是空白的，在此存在中，我们找到了存在者和存在的意义，并对当前情境进行限定。胡塞尔将人从理性的范式中解放出来，建立了一个现象学体系，从而催生了海德格尔、庞蒂等哲学家的思想。

人存在于世界中，会有情感依赖。人通过自身的感受给周围的事物下定义，通过命名的方式建立世界，并与世界建立紧密的联系。因为意识具有丰富现实世界的作用，它将情绪透射到外在世界中。全球化和资本化对人的影响也是如此。

身体是我们存在和行动的基础，它通过感知和运动使我们与世界相互作用。然而，身体的存在也依赖于语言的表达和交流。语言是一种符号系统，它通过词语和句子的组合来传递信息和表达意义。通过语言，人们能够描述和解释身体的感受、经验和需求。然而，语言也可以对身体产生影响。它可以塑造我们对身体的认知和观念，影响我们对自己和他人身体的评价和态度。语言的表达方式和使用方式可以反映出特定社会文化对身体的价值观和偏好。例如，某些社会对身体的外貌、性别、年龄等方面有特定的标准和期望，这些标准和期望可以通过语言的使用来强化或扭曲。

在当代社会，科技的发展对身体与语言的关系产生了深远影响。虚拟现实、人工智能和网络通信等技术让身体与语言之间的联系变得更加复杂。人们可以通过虚拟现实技术身临其境地体验各种场景和身体感受，这对我们对身体的认知和体验提出了新的挑战。网络通信的普及使语言的传播更加便捷和广泛，人们可以通过文字、图片和视频等形式表达自己的身体经验和观点。然而，这也带来了一些问题，例如身体隐私的泄露和身体信息的滥用等。在这样的语境下，重新思考身体与语言之间的关系是必要的。我们需要意识到语言的作用和影响力，并审视其中的偏见和歧视。同时，我们也需要思考科技对身体和身体经验的影响，以及如何在虚拟世界和现实世界之间建立更加健康和有意义的身体与语言的互动。总之，身体与语言之间存在着紧密的联系，它们相互作用并塑造着人类社会的发展。通过重新梳理身体与语言的关系，我们可以更好地理解人类的存在和交流方式，并在面对科技和社会变革的挑战时，保持对身体和语言的尊重和关怀。

在石黑一雄的小说中，情感和历史创伤贯穿于叙述者的身体和言语之中。无论是《远山淡影》中的悦子，还是其他作品中的叙述者，他们都无法完全摆脱过去的伤痛。即使悦子嫁给了英国人并远离了日本，她仍然能够感受到难以名状的羞耻感。这种羞耻感与长崎在二战中遭受轰炸的历史事件紧密相关。石黑一雄通过叙述者的视角，揭示了个人与历史之间的紧密联系。叙述者的身体成为历史创伤的承载者，他们的言语和行为反映出历史对他们的深刻影响。通过与令人不安的事物建立亲密关系，他们试图面对过去的伤痛，并试图在其存在的阴影下寻求解脱。在石黑一雄的小说中，逃离和遗忘的主题经常出现。叙述者通过逃离自己的故乡或逃避过去的回忆，试图寻求一种新的生活方式。然而，他们往往发现无法真正逃离过去的伤痛，历史的阴影始终围绕着他们。仔细梳理这些小说中的情节和情感，我们可以更深入地理解石黑一雄的作品所传达的主题。他的叙述者身体上和心灵上承受着历史的重压，而他们的言语则反映了内心深处的情感和困扰。这种情感和个人与历史之间复杂的关系紧密相连，呈现出石黑一雄作品独特的风格和主题。

石黑一雄通过文学艺术的方式提醒我们不要忽视历史的影响和人类精神所承受的责任，同时也承认了历史对个体生命和整个人类项目的重大影响。他的作品有助于我们反思历史的意义和人类存在的价值，为我们思考未来提供了深刻的启示。

内疚感与羞耻感一样，都是一种身体情绪。在小说中，虽然小野的亲人、学生以及周围的叙述者都倾向于认为小野有罪，但是从他们不同形式的陈述和身体表现中，可以看出，对小野有罪行为的判定是源于战后日本新秩序重现的历史现实，而非行为本身。作者通过展示小野的个人自我欺骗和隐瞒，从而指向国家层面更大形式的自我欺骗和隐瞒。换句话说，内疚并不完全是小野个人的情感。小说的重点并不是小野犯下的罪过或他在承认这些错误时的回避，而是道德权力的历史建构。小野经历的不是内疚而是羞耻。内疚和羞耻之间的区别在于，内疚是一种个人和私人的情感，是违背内心指引的感觉，无论社会如何变迁，人们都能感受到它的影响；羞耻感更多地扎根于群体的价值观，在背离社会公认的规范时产生。通过强调羞耻感而不是内疚感，作者试图将这部小说从历史背景中解放出来。

小说中隐含的立场更接近福柯式的立场，即我们所认为的历史进步实际上只是将一组权力关系转化为不太明显或不太明确的形式。石黑一雄的这种历史观不能被解读为直接遵循自由主义或黑格尔/马克思主义的普遍历史传统范式。他意识到历史的呈现常常受到意识形态和权力的影响，而不是客观真相的反映。小野作为一个个体，在这个历史的背景下扮演着被利用和操控的角色。通过小野的内疚和羞耻，石黑一雄探讨了权力机构如何塑造身体的历史记忆，并以此来巩固自身的合法性。小野的个人内疚感反映了社会对历史事件的审判，他的内疚感是被社会强加的，因为社会期望他为过去的错误负责。通过描写小野的身体变化，石黑一雄揭示了社会和政治力量是如何塑造历史的，并将其视为一种权力斗争的工具。他暗示了历史并非客观地记录了过去，而是由当权者的利益和意识形态所塑造。因此，小野的内疚感实际上是一种社会上强加于他的责任感，以满足权力机构对历史的塑造需求。这种观点使读者反思历史的本质，同时提醒我们对历史观进行批判性思考。

那些坚定地坚持新政权原则的人和在旧政权手中受害最深的人不仅要纠正特定的错误，还要纠正特定的不平等现象。他们认为新旧秩序之间的持续斗争将最终会终止一切的解决方案，因为胜利者的合法性将一劳永逸地得到验证。对旧政权的做法作出判断是新秩序的建构行为。新政权必须通过植入新形式的纪律行为来巩固其对成员的控制，特别是通过判断身体行为来进行心理垄断。小野在现世被视为可怕的异类，他必须赎罪才能使社会恢复健康。

小野的叙事策略是去自然化甚至颠倒道德谴责，这样他就不会表现得像个怪物，而是一个碰巧犯了错的理想主义者。在他描绘的自己的肖像中，小野洋子被高尚的冲动所驱使，渴望进入一个更大的社区，并过一种更具历史意义的生活。为了反抗他的独裁父亲希望他追随其脚步进入官僚职业生涯的愿望，他成了一名艺术家。最初小野在一家商业公司工作，为外国收藏家大量制作精美的日本版画，他对这份平庸的职业感到沮丧，于是进入了森山诚司老师的工作室，与一群敬业的年轻艺术家一起当学徒。森山的作品遵循"浮世绘"艺术的传统，其主题是东京夜生活的短暂之美。在与当地激进保守的维新主义者相遇之后，小野开始意识到他的艺术已经将他与政治隔离开来，而现代日本真正的社会问题却在他眼前蔓延：广阔的贫民窟、政治腐败、压倒性的国家衰败感。

在小野自认为与老师勇敢决裂后，他开始创作政治艺术，恢复了具有强硬线条和鲜艳色彩的日本传统风格。他认为，在这样的困难时期，艺术家必须学习和重视更有形的东西，不能永远做一个漂浮世界的艺术家。漂浮的世界对日本更大的结构性现实视而不见。对小野来说成为一种私人形式的典范，必须超越利己意识。至少在他所呈现的故事中，这是他的主张：他逐渐进入更大的社会领域，包括家庭、商业、艺术，最后是政治，形成了一条经典的、亚里士多德式的进步之路。在这条道路上，个人在政治上实现了他的目的。然而，正是小野对他的目的的实现反常地导致了他的耻辱。究竟小野的故事是古典悲剧之一，还是悲剧仅仅是他回顾性地强加于平凡生活的形式？

小野的"悲剧戏剧"（代表旧政权）和他女儿们的"婚姻小说"（代表新政权）并没有相互抵消，而是在读者心目中引发了一场争夺至高无上地位的战斗。这部小说处于历史逆境期。石黑一雄选择了一个历史窗口，从1948年10月到1950年6月，这是日本现代历史中一个非常模糊的时期。初期这个士气低落的国家处于盟军最高指挥官道格拉斯·麦克阿瑟将军的军事统治之下，他将自己设想为日本新民主主义的创造者，国家的管理更像是一种占领。在这一时期，经济遭遇了灾难性的衰退，甚至粮食供应都短缺。石黑一雄之所以选择这个时期，是因为新日本的性质尚未清晰。在故事中标记为1949年4月的部分，小野俯瞰整个城市时，看到了麦克阿瑟重建计划的一部分，一幢正在为未来雇员建造的新公寓楼。但在小说中，它们却被误认为是被炸毁的废墟中的一部分。小野洋子仍然将新日本与曾经繁荣过、如今却正在消失的旧世界等同起来。新日本能够在重建这些"每周都变得越来越稀缺"的废墟时，明确自己的主张。随着1950年经济开始复苏，日本首次成为亚洲的经济强国。

然而，在阳光下的笑声和玻璃门面的办公室背后，不仅有小野勉强接受的看似美好的新日本，还有隐藏在历史背景中的不可磨灭的阴影。小野所看到的是被重新建造的城市和充满希望的年轻人，但他也深知这一切是建立在过去的错误和犯罪之上的。小野对新日本的描述与弗朗西斯·福山所主张的理论相呼应，福山认为美国式的资本主义自由主义民主是历史的最后阶段，不会倒退或被取代。然而，小野对这种看法持保留态度。尽管他承认新政权的到来，但他对福山关于历史终结和人类自由的观点表示反驳。在新政权的崛起中，小野否定了自己过去的生活，他的英雄行为和悲剧性失败被封锁在历史的黑暗中。小野不再是世界历史的角色，但他仍然试图超越个人欲望，参与更大的集体事业。然而，他也是被历史驱逐的不幸演员之一。小野与那些平庸乏味的人形成鲜明对比，他们拒绝采取冒险行动，追求他们所信仰的原则。这些人无法参与历史，他们无法取得超越平庸的成就，哪怕他们能在学校或其他领域获得一些尊重。在小野的故事中，他的巨大失败与伟大历史人物的经历有一定程度的相似性。这些观点与弗里德里希·尼采对"最后一个人"的反对相呼应，"最后一个人"除了追求自身舒适之外，几乎什么都不做，他认为追求宏伟计划毫无意义。随着"最后一个人"的出现，历史之轮逐渐停止转动。

因此，小野对新日本的描述与历史的终结理论形成了鲜明的对立。尽管小野似乎接受了他的世界和价值观的消逝，为新政权让路，但这种表面上的接受实际上低估了小说对新日本颠覆的深度。在小野的叙述中，隐藏着被控制的真相和被忽视的历史记忆。他深知新日本的繁荣建立在过去的罪恶和压制之上，这是一种对真相的遮蔽和历史的篡改。小野开始怀疑自己的决定，他不再满足于被动地适应新的现实。他决定深入调查，并揭示新日本的黑暗面。他开始寻找被掩盖的历史记录、见证人的证词和隐藏的证据。随着调查的进行，小野逐渐揭开了新日本背后的阴谋。他发现政府和企业之间的勾结，他们通过控制信息和操纵民众来维持统治。他发现了被镇压的反抗运动和被迫沉默的受害者。这些发现使小野对新日本的现实感到震惊和愤怒。小野决定站出来，与新日本政权进行对抗。他利用他的技能和经验，组织了一个小规模的反抗力量。他通过网络和地下组织传播真相，激发人们的意识和行动。他成了新日本的声音，代表着那些无声的受害者和被压制的人民。

尽管小野知道这是一个危险的行动，但他坚信必须为真相和正义而战。他的行动激励了更多人加入抵抗运动，形成了一个庞大的反对势力。历史的篡改和掩盖被揭示出来，真相被公之于众。新日本的人民开始追求公正和自由，他们不再被统治者所操控。小野的故事成为人们追求真相和正义的象征，激励着新一代人奋起抵抗压制和追求自由。这个故事反映了人们对真相和自由的追求，以及对历史篡改和权力滥用的警惕。它强调了个人的力量和决心可以改变世界的局势。小野的故事在新日本的历史中留下了深刻的烙印，激励着人们继续追求真相和正义的道路。随着新日本政权的垮台，社会经历了巨大的动荡和重建的过程。人们开始重新评估过去的错误，他们努力修复历史的伤痛，并确保这样的黑暗时期不再重演。

通过小野的故事，我们意识到了真相的重要性，并生出对历史的敬畏。只有真相得到揭示，历史得到铭记，我们才能在更加公正和自由的社会中前进。无论遭遇何种困难和挑战，我们都应该坚持追求真相和正义。小野的故事激励着我们保持警觉，不受蒙蔽，不被欺骗，勇敢地站在真相的一边。在新日本的历史中，人们也开始更加重视个人和集体记忆的保存和传承。人们通过设立纪念碑、创建博物馆和组织纪念活动，以永久铭记那段黑暗历史中的受害者和英雄。这些纪念物和纪念活动提醒着人们不要忘记过去，而是从中吸取教训，以确保类似的悲剧不会再次发生。随着时间的推移，新日本逐渐实现了与历史的和解和社会的重建。虽然过去的伤痛无法完全抹去，但人们通过努力和团结，建立了一个更加公正和包容的社会。真相的揭示和正义的伸张成为社会发展和进步的基石，人们以此为动力，为实现更美好的未来而努力。小野的故事也在国际上引起了广泛的关注和影响。其他国家和社会从中得到启示，开始审视自身的历史，反思过去的错误和不公正。他们借鉴新日本的经验，建立起自己的真相委员会和改革机构，努力还原历史的真相，为受害者伸张正义，避免历史的重复。小野的勇气和决心提醒着我们每个人，我们都有能力影响和改变世界。无论我们身处何地，面对何种困境，我们都可以发挥自己的作用，为真相和正义而奋斗。小野的故事激励着我们追求公正和自由，铭记历史，塑造更美好的未来。

第二节 文化背景与身体叙事

一、文化身体:记忆的场所与传统

从身体和空间的角度来看,人类的存在是与特定的空间紧密相连的。身体无法脱离固定的空间而存在,这种空间的依附性决定了身体对土地的依恋。人类对特定土地的依赖可以体现为生存方面的依赖,也可以是心理上的踏实感。尽管人类已经登上月球、火星等其他星球,看似摆脱了对地球土地的依赖,但无论是身体生存方面的依赖还是心理上的安全感,都需要某种稳定的空间存在。人不是意识的主宰,而是无意识的存在物。从精神分析的角度来看,人类的行为和思维不仅受到意识层面的控制,更深层的冲动和欲望也在无意识中起作用。这意味着人的行为和决策往往被无意识的冲动所影响,而这些冲动可能并不总是符合理性和逻辑的。在英美国家,主要的哲学流派是实证主义,注重逻辑和证明。在这种思维框架下,人们倾向于用已知的知识去证明未知或论证未知的合理性。逻辑和证明成为思考和推理的主要工具。而在欧洲大陆,特别是主体性哲学的领域,人们更倾向于探索自我对事物的理解。这种思维方式可能更具创新性、极端性和破坏性,试图突破传统的理性范式,深入思考人类存在的本质和意义,是具身认知。

在不同的哲学流派中,逻辑等因素对人类的思维方式和观点产生着不同的影响。在帝国权力的影响下,盎格鲁-撒克逊民族的身份认同深深植根于乡村神话,并紧密联系着英国的海外殖民史。英格兰长期以来一直是一个帝国的权能机构,该民族国家的价值观部分是通过统治威尔士、苏格兰和殖民爱尔兰,甚至间接地通过在全球各地(如北美洲、加勒比海诸岛、印度等)的统治和殖民建立起来的。英格兰的身份感由此在英国的观念中植根,白人对其他民族和地区的优越感塑造了大英帝国。英国一直以来担任着殖民的权能机构，因此国家与帝国、国民身份与帝国身份紧密交织在一起。随着英国国内现代资本主义从早期自由资本主义、工业资本主义到城市资本主义的逐步发展，海外殖民主义也发生了转变。殖民权力话语中所宣扬的"民族-国家"身份认同从最初强调勤劳致富的原始资本积累伦理道德逐渐演变为文明进步、白人维护世界秩序等启蒙思想所倡导的使命。因此，在殖民权力话语中的"民族-国家"身份认同是在宗主国与殖民地、英国人与其他异质民族文化背景的人之间的交融中形成的话语体系或集体文化意识。它以更广阔、更深刻的方式在主体中调动强烈的身份认同情感，形成封闭的帝国自我领域。

在帝国的影响下，排除居住在外围的华人社区是一种封闭、排他的帝国自我认同，与殖民主义对地理空间的划分和重新组织相契合。地缘政治上的空间分割不仅是资本主义国家巩固自身身份的有效手段，也是对海外殖民地实施征服和控制的重要方式。在历史学、录音、写作、叙述以及对事件和道德的解释都受到严格审查的背景下，石黑一雄的小说以精心构建的故事为基础，对个人经历和地缘政治进行了模糊的描写，主角通过对过去事件的回忆和忏悔，重新评估自己的生活。这些回忆围绕着密集的符号引力点展开，被称为转折点，主角试图在自我叙述中识别和解释这些转折点的重要性。个人和全球历史的微观和宏观记忆在这些文本中交织在一起，以至于个人和公共创伤变得模糊不清。石黑一雄通过将个人记忆置于全球事件中，将个人和公共历史融合在叙事中。

总的来说，城市空间的塑造和改写是权力关系的体现，它们不仅反映了社会中的不平等和排斥，也通过对个体化空间的限制和约束，影响着人们的行为和思维方式。了解城市空间的权力动态可以帮助我们认识到其中的社会问题，并促使我们思考如何创建更加包容和公正的城市环境。

在权力支配过程中，建筑空间的争夺具有重要的意义。人类意图在城市中留下空间的痕迹。城市建筑空间不仅是社会生产和实践的产物，也促进了生产关系的生成。在人类对城市空间进行塑造时，存在着同质化和边缘化的策略，以实现对整个城市空间的支配和控制。具体而言，权力支配者通过将战后的城市建筑进行西式同质化的重构来加强其控制力。在城市中心，摩天大楼、商业区、百货公司、主题公园和西式饭店等充斥着现代化的西方元素。与此同时，传统的日式建筑逐渐被边缘化，包括日式家宅、休闲娱乐区、寿司店和酒馆等，它们或被拆毁，或慢慢荒废。这样，长崎的城市建筑呈现出明显的西式风格与日式风格的对立，反映了文明与野蛮、现代与传统、民主与极权、西方与东方之间的差距与斗争。这些空间中存在着隐喻，如位置、地位、领域、边界等，透露出社会和个体之间的界线。战后初期的长崎仍然可见战争和原子弹轰炸的痕迹。废墟成为城市的一部分，既是时间的痕迹，体现了历史的沧桑感，也是人类利用、破坏和抛弃的产物。废墟是对被毁城市的记忆和见证。石黑一雄的作品中，废墟意象强烈地展示了历史意识和时间意识，通过空间的变迁来反思现代文明成果和人类罪恶行为的结果。在《远山淡影》中，主人公悦子所居住的公寓外面是一片废墟，过去是一个小村落，经历了原子弹轰炸后只剩下废墟。废墟上的地面多是干裂的，深沟和弹坑积满了污水。人们一开始充满抱怨，但后来逐渐看淡了，只剩下偶尔的嘲讽。《浮世画家》中描写的日式娱乐区也变得面目全非。例如，战前温馨宜人的川上太太的小酒馆虽然幸存了下来，但站在门口的人会感觉自己置身于文明的边缘，四周除了粉碎的废墟一无所有，川上太太称之为"战争损害"。她的酒馆两侧的房舍早已空置，这让她感到不安，觉得自己住在坟场之中。总之，城市中处处可见颓败破落的迹象。

《浮世画家》的开头描述了画家小野壮观的传统住宅，它的高度象征着优越的地位、男性气概和权力。作为著名的浮世绘画家，小野曾凭借自己的声望以非常优惠的价格买下这座宏伟的住宅，而经历了战争和原子弹轰炸后，这座宅邸也无法幸免于破损。其中最引人注目的特征之一是长廊，而大部分被炸弹摧毁的就是长廊。由于战后物资短缺，长廊无法得到修复，只能闲置，蛛丝和霉斑在其中生长，人们只能凭想象来回忆其过去的美景。由于小野在战争期间为军国主义的思想宣传出过力，战后他的个人身份和地位与这个衰落的家宅一样黯淡无光，风华不再。《长日留痕》中也出现了类似的情景，史蒂文斯在经过多塞特城时特意参观了当地有声望的上校家的别墅，这座维多利亚式建筑是一座四层楼高的建筑，前面是一片广阔的草地，房子的正面爬满了常春藤，延伸至尖顶两端的山墙。然而，至少一半的房间都被用防尘布覆盖着，只保留了一楼的主要房间和几间客房。战前，上校雇佣了十几个员工，而战后只剩下两位员工，一个身兼管家、男仆、司机和清洁工数职，另一个是每天晚上才来的厨师。由于经济状况大幅下滑，上校打算将房子卖给美国人，因为现在只有美国人才能负担得起。

人们的身体也反映了这种城市空间竞争和交错的影响。这种废墟不仅是时间的痕迹，体现了历史的沧桑感，也是人为破坏和遗弃的产物。废墟作为对被摧毁城市的记忆，强化了观者的感受，即使是最完美的建筑也难以逃脱时间的侵蚀。这种城市空间中的竞争与交错以及对人类身体的影响，反映了社会力量和权力的斗争。不同的空间象征着不同的价值观和权力关系，西式空间与日式空间的鲜明对立，讲述了文明与野蛮、现代与传统、民主与极权、西方与东方之间的差距和冲突。通过废墟的存在，人们对过去的历史和现实的反思愈发显现。空间的生产与权力的支配紧密相连，它们共同塑造和制约着城市的面貌和社会关系。

人的身体可以被看作一个体现权力、利益和价值观冲突的空间。在公共空间中，不同的历史行动者和意识形态试图通过塑造和影响空间来表达自己的观点。举例来说，《浮世画家》中描述的酒馆就是这种变迁和权力交替的产物。这家酒馆是昔日中心娱乐区最著名的酒馆，装饰风格传统，前厅用许多灯笼照明。在战时，这个酒馆成为权力阶层推崇的"新爱国精神"的象征，不符合这种精神的顾客会被劝退。类似地，位于城市中心的川边公园的景观和空间含义也成为不同权力竞争的场所。最初，川边公园是由一个有影响力的人投资建造的，他计划将其改造成长崎市的文化中心，包括自然科学博物馆、歌舞伎町、欧式音乐厅和专为宠物设立的墓园。然而，战争导致他财务困难，计划不得不搁浅。战后，日本推行自由民主化，而川边公园的含义也被改变，成为供人休憩和娱乐的场所。

在《长日留痕》中，史蒂文斯去参观吉芬公司，这家公司过去生产出了最好的银器抛光剂。擦亮银器是衡量贵族府邸标准的一项重要指标，而吉芬公司的产品与此密切相关。然而，战后市场出现了新的化学物质，人们对吉芬公司的产品不再热衷。吉芬公司很快走向了衰落并最终消失。地理空间对于日常生活至关重要，当它消失时，历史也会随之消散。因此，对过去的怀念往往是人们对过去记忆的想象和修饰。过去被美化，现在则被认为是衰败的。

身体与地理空间一样，承载着历史和记忆。在《长日留痕》中，吉芬公司的兴衰与市场变化有关，反映了人们对过去的怀旧和对当下的迷茫。身体和地理空间的消失使历史也随之消散，但对过去的美好与现在的衰败的对比构成了人们的怀旧情绪。灾难和伤痛在共同记忆中比享乐和光荣更重要，因为它们能够紧密团结人们，唤起共同体的情感。纪念性景观承载和保留着伤痛的记忆，不仅是自然经济变迁的产物，也是国族史和认同的竞争场域。《远山淡影》中的和平纪念碑在长崎新城区的公园中，以庄严肃穆的氛围纪念原子弹爆炸中的死者。然而，对战争创伤的选择性遗忘使人们忘记了战争的罪恶。纪念景观成为权力阶层意志的体现，用高大雄伟的空间美学来凝聚民族共同体。

因此，人的身体与地理空间相联系，承载着权力斗争、意识形态冲突和历史记忆。身体与地理空间的互动塑造了我们的经验和观念，同时也受到社会和文化力量的塑造。对于个人来说，身体是我们与世界接触的媒介，通过感官和动作来感知和塑造我们所处的环境。地理空间则提供了我们生活、工作和交流的场所，影响着我们的行为和社交互动。同时，身体和地理空间也是权力和控制的对象。权力机构和社会精英通过掌控和改造身体与地理空间来塑造社会秩序和权力结构。他们通过规划城市、布局公共场所、设立纪念碑等手段来表达权力和意识形态。这种权力的体现和控制也可以在社会的边缘和弱势群体中显现出来，他们可能被边缘化、排斥或剥夺对地理空间的使用权。身体和地理空间的权力斗争和冲突不断塑造着社会的格局和权力关系。

身体和地理空间也可以成为抵抗和反抗的场域。人们可以通过身体的行动和地理空间的占领来表达抗议和追求公正。例如，社会运动和示威活动常常发生在公共场所。艺术家也可以通过身体表演和创作将权力关系和社会问题展示给公众，引发其思考和讨论。身体与地理空间的互动为个体和集体的抵抗和变革提供了可能。总的来说，身体与地理空间是相互依存、相互作用的。它们共同构成了社会的身份认同、历史记忆和权力结构。人们在身体和地理空间的交织中体验和表达自己，同时也受到社会和文化力量的影响和制约。在权力斗争和意识形态冲突中，身体和地理空间成为权力的对象和表达的场域。然而，它们也可以成为反抗和变革的平台，为个体和集体的声音和权益争取提供可能。

在面对战争所造成的历史伤痕时，人们往往发现愈合是最困难的。同时，对于战争记忆的保存或抹除涉及复杂的权力斗争和不同民族之间的记忆方式差异。以日本为例，原子弹轰炸不仅迫使他们投降，结束了其称霸亚洲的梦想，还给日本国民留下了难以想象的恐怖创伤。但对于同盟国成员和受日本占领的亚洲各国而言，美国投下的原子弹无疑提前结束了第二次世界大战，带来了人们渴望已久的和平。然而，原子弹爆炸所带来的强大而可怕的威力也给世界和平投下了不可磨灭的阴影。那么，如何让这些不同的经验和观点得以交流？纪念碑等纪念景观是否只能成为各种冲突的创伤记忆回响的场所？纪念碑等纪念景观如何通过策略性的展示呈现出原子弹爆炸或战争对不同国家乃至人类社会的不同经验和影响？不同背景的人们如何在其中相互沟通，增进理解，实现互为主体性的交流，而不仅仅是坚持己见和固守立场？这些问题考验和挑战着纪念类景观背后的创建者的智慧和胸怀，并构成了对未来相关纪念景观展示和建设的重大考验。

在一个拥有和平纪念碑的公园中，人们可以听到动听的鸟鸣声，孩子们的欢笑声不绝于耳。在这和谐快乐的氛围中，长崎的废墟正在如火如荼地重建。在摧毁与重建、衰老与青春交错的长崎，属于小野这一代人的记忆渐渐消失，新的街景和建筑物如同对他们宣告"你的时代已经过去了"。记忆中的地图失去了意义，过去的生活痕迹也逐渐被抹去。整个城市的建筑空间按照权力支配阶层的规划，进行了大量的西式同质化建设，摩天大楼、商业消费区和公寓住宅区随处可见。日本正在重塑其现代强国的认同意识，积极进行富强进步的现代化建设。然而，对于小野等人来说，他们尚未适应现代化空间的变化，而战后的年轻一代则欣然享受现代化空间的便利。小野认为儿子崇一和太郎的办公室太狭小、太冰冷，与宽敞典雅的日式建筑相比，这些西式玻璃摩天楼既缺乏想象力，又给人一种压迫感。然而，崇一他们却对这样的摩天大楼感到自豪，认为这里采光良好、通风顺畅，西式的茶水间和洗手间也非常高效实用。崇一和节子在周末还喜欢带着儿子一郎去咖啡馆，点一些比萨和蛋糕等食物，吃完后有时还会去电影院观看电影。电影院门口的霓虹灯光让一郎着迷地站在那里观看，他丝毫没有孤独和寂寞的心理活动，这大概也是现代空间对身体规化后的心理表征。

现代化空间作为一个整体已经融入人们的日常生活中。尽管日常生活表面上看起来单调平凡，但却潜藏着不断变化和改变世界的革命性因素。权力阶层的作用只有通过对日常生活空间的渗透才能发挥效果。因此，吸收本土元素发展起来的建筑景观逐渐在城市中消失或被边缘化，而外来引进的建筑景观则以均质化和重复为策略，在日本大地上广泛扎根。空间作为实体存在，成为记录当地生活的文化记忆库，同时也塑造着居民生活的方式和风格。新的价值观通过权力的延伸铭刻在现代化、文明自由和西式化的城市空间建设上，并通过空间的塑造使其合法化。可以看出，战后日本对现代性的追求，实际上是在美国占领军的指导下，以实现日本的"美国化"为目标。面对自身无力对日本发展模式提出反省的现实，日本选择以特殊化的日本民族主义形式来批判美国，但最终只是再次确认美国价值的优越性，再次强化日本的无力感。在与美国的关系中，日本仍然带有明显的劣等意识，因此采取了对美一边倒的政策。

在这个背景下，与战争和历史记忆相关的纪念景观也面临着巨大的挑战。这些纪念碑和景观背后的创建者需要智慧和胸襟来处理不同国家和民族之间的记忆冲突，以及对战争创伤的理解和交流。纪念景观不能仅仅成为冲突记忆回荡的场域，而应该通过策略性的展示，呈现出原子弹爆炸或战争对不同国家和人类社会的影响，促使各方民众相互沟通和理解，实现真正的互为主体的交流。

在纪念景观的创造过程中，应该注重展示和传达战争和历史记忆的重要性。这可以通过使用多样的艺术形式和表现手法来实现，例如雕塑、壁画、音乐和多媒体展示等。同时，要考虑到不同国家和民族之间的理解和交流，纪念景观应该创造一个开放而包容的环境，鼓励人们进行对话和互动。纪念景观的创造者还应该倾听和尊重各方的声音和意见。他们需要与当地社区和利益相关者进行密切合作，以确保纪念景观的设计和内容能够真正代表人民的意愿和共同记忆。只有通过合作，纪念景观才能成为一个具有深远影响力的地方，激发人们对历史的思考和对未来的展望。最重要的是，纪念景观的创造者要有智慧和胸襟，不仅仅局限于西方现代化的范畴，而是要探索并展示日本和亚洲独特的历史、文化和精神。通过结合传统和现代的元素，创造一个独特而有意义的空间，以展示日本乃至亚洲城市自身的现代性和身份认同。

由此，纪念景观的创造不仅是为了纪念历史事件，更是为了促进理解、对话和交流。在现代化的进程中，要注意权力网络系统对城市空间的影响，同时尊重和保护城市的独特性和多样性。通过巧妙的设计，纪念景观可以成为一个重要的文化场所，连接过去和未来，促进和平与理解的实现。在《别让我走》中，主人公凯西作为一个克隆人，被禁闭在公寓空间中，从事看护员工作。她的生活孤独而封闭，公寓成为囚禁她的地方。类似地，在其他作品中，公寓也被描绘为一种禁锢的象征。这种禁锢不仅是物质层面上的，也涉及精神和心理层面。个体在公寓空间中面对自己，但也可能因为社会权力的隔绝而成为被禁闭的形象。这种禁锢和隔绝在现代城市中尤为突出，个体与陌生人的接触短暂且片面，导致个体与他人之间的真正交流变得困难。

整体而言，这些作品展示了公寓和家屋空间作为权力和社会秩序的表征，以及个体在这些空间中所面临的困境和禁锢。从身体角度来看，公寓和住宅空间在我们的个体生活中发挥着至关重要的作用。它们为我们提供了属于自己的独立领域，一个可以追求个人隐私和自由的地方。然而，与此同时，这些空间也承载着种种身体禁锢和限制的象征，给我们带来了一种身体上的局限和焦虑感。我们的行动受到空间限制，我们的身体被迫适应着这些限制。

人的身体是权力效应的扩散。家庭内部空间的布置和配置，与外部社会空间的权力结构相辅相成，可以看作是对其再生产的一种体现。在日常生活中，父权在社会空间中占主导地位，而父亲通常也处于家庭空间的支配地位。家庭空间的权力结构总是随着父亲的步伐而变动。通常情况下，谁在家庭之外拥有权力，谁就能够控制家庭内部的空间结构。父权制的影子存在于家庭空间中。同时，家庭空间的内层结构以客厅和主卧为核心，而孩子的卧室、厨房、浴室等属于外层边缘结构。在《浮世画家》中，画家小野在十二岁之前不被允许进入客厅。十二岁后，只有在父亲有"正事"要与他谈时，他才有机会进入客厅，这也意味着其他家庭成员被警告不要在客厅附近制造噪声。小野一直遵循这种传统，将客厅视为一个充满威严的空间，专门用于接待重要客人或供奉佛坛，是一个不受日常琐事干扰的场所。客厅作为一种仪式化的空间，作为封闭空间中的公共领域，以矛盾的方式延续并保留了下来。如果卧室代表绝对的个人和隐私，那么客厅则成为一个开放的私密地带。进一步说，客厅和卧室的功能是封闭权力机构内部空间关系的复制：父母的卧室、孩子的卧室和家中的客厅，它们依次对应着校园空间中老师的办公室、学生上课的教室和学校操场；公司空间中老板的办公室、员工的办公室和客户接待室。

父亲的存在和权力话语始终在家庭空间中处于中心地位。然而，父亲的缺席是否能够颠覆父权制中他们的支配地位呢？答案是不能。即使父亲离世或缺席，父权制度所代表的法律、经济和道德优势力量仍然存在，只是被某些东西所替代，比如一个人、一个组织、一个名称、几句话或一件物品，只要能体现父亲的象征力量即可。例如，在小说《远山淡影》中，幸子失去丈夫后一直试图为女儿寻找一个替代性的父亲。即使所选择的替代者经常消失不见，幸子依旧认为她们需要一个父亲来让她们过上完整、自由和美好的生活。父亲的位置和作用通过母亲的言说重新确认和巩固，母亲的话语成为"以父之名"的符号，代表父亲的存在和权威。即使父亲真正消失或隐退，母亲的回忆和想象依旧可以重新确立父亲的权力地位。家庭空间对人的身体产生影响，使人们习惯于这种权力结构。即使已经走出家庭束缚的女性，传统的心理驯化也无法轻易摆脱。她们愿意将自己孤独地囚禁在家中，与外部隔绝开来，将家庭空间视为绝对安全的地方。这种想法是受到父权制度和社会文化影响的结果。女性可能会内化这种家庭空间中的权力结构，并将家庭视为自己的责任和义务所在。她们感到自己在家中扮演着特定的角色，如照顾孩子、烹饪和清洁等，而这些角色往往是因父亲或社会所期望而产生的。

随着社会的变革和女性地位的提升，家庭空间的权力结构也在发生变化。女性越来越多地追求自我实现和平等地位，不再将家庭空间限制为自己的囚禁之所。她们开始主动参与社会活动、追求职业发展，并争取在家庭决策中发言的权利。在当代社会中，许多家庭已经逐渐转向更平等和共享责任的家庭模式。夫妻共同分担家务劳动、育儿责任，并尊重彼此的个人空间和追求。家庭空间也逐渐变得更加灵活和多元，允许成员展示自己的个性和兴趣。尽管家庭空间的权力结构在发生改变，父权制度和社会文化的影响仍然存在。对于女性来说，摆脱对家庭空间的束缚可能需要面对内外的挑战和压力。社会观念和期望仍然对女性施加着扮演特定角色的责任，而摆脱这些限制需要个人的努力和社会的支持。

二、身体的叙事技巧

石黑一雄声认为小说的叙事策略是一个人如何通过讲述故事来面对无法直接面对的事情。这表明小说的叙述者经常省略或低估他过去无法处理的痛苦事件。研究表明，不可靠叙述者的存在源于作者的意图，且不可靠性存在于作者的规范或总体设计之内。在一些作品中，主角经历的身体变化导致他无法培养连贯的情感。他的记忆与其他人的故事融合，以想象替代真实场景来处理叙述者本人无法接受的记忆。这扰乱了现实主义叙事结构。作者通过使用典故、省略号和未完成的句子，使主人公的故事变得模棱两可，从而更容易被不同的读者解读。本节将探讨石黑一雄小说中的叙事策略和主题，特别关注了不可靠叙述者、身体和记忆处理的方式。

身体事件具有特殊性，包括伤害的施予者和受害者、发生的地点和时间，以及关于责任和无辜的不同叙述。然而，身体又具有不可知性，超越了语言表达的程度，不受意识的控制。笔者认为石黑一雄的小说《远山淡影》中的叙事技巧和主题反映了身体的复杂本质。小说使用不可靠叙述者来刻画主人公因移民行为及周围环境的改变而带来的诸多身体变化。主角的叙述显得神秘、矛盾和充满困扰，处理不愉快的记忆似乎只能通过自欺和自我保护的语言来实现。主角通过讲述他人的故事来展现她与家人的斗争历史和个人记忆，这展示了身体的语言具有回避性，而不是揭示性。

因此，《远山淡影》中，悦子的故事由脆弱的记忆线编织而成，造就了她难以被捕捉的个人生活经历。故事由一个不可靠的叙述者讲述，她不仅相信自己是一个有爱心的无私的母亲，而且相信自己的完整性。然而，在整个故事中，读者可以看出，她对其他事情更为关注，远比实际的母性关心要多。小说的开头描述了她和第二个英国丈夫是如何决定给他们的女儿取名为妮基的。这个名字的选择显示出悦子在英国的生活一直受到她过去的阴影困扰，她在不断努力摆脱她的日本人身份。而悦子的丈夫也明确表示希望悦子能够忘记她在日本的生活。然而，妮基是她的第二个孩子，她的第一个女儿景子正是在日本出生和长大的，这时刻提醒着悦子她试图忘记的过去，也是她身份的证明。此外，根据零散的文本证据，读者可以推断出，景子怀疑她是母亲和父亲的负担，既被忽视又被剥削。这可能是她抑郁和自杀的原因之一，反过来又导致悦子对过去的规避感到持续的内疚。

小说的叙事手法也使情节变得值得推敲，不仅因为悦子以随机的方式复述她的记忆，而且因为一些不一致之处使得读者对她回忆的准确性产生疑问。例如，读者早期就了解到悦子已故的大女儿景子的存在，读者期待悦子思考和谈论这个事件，然而，尽管悦子承认这个事件的重要性，但她又试图回避这件事。这种模棱两可以及所说和未说之间的紧张关系与创伤叙事的本质是一致的。

通过围绕悦子不可靠的记忆构建故事，石黑一雄创造了一个框架，使得悦子的身体状况直到最后仍然模糊不清。他专注于描写悦子如何（有选择性地）记住自己的生活，以逃避真相。事实上，她规避各种身体事件的方式是重新塑造过去，以便能够接受自己的决定。悦子在日本生活的记忆对她来说似乎非常痛苦，充满了怀疑和内疚，以至于她无法公开谈论它们。实际上，她解释女儿妮基的到来是一个"使命"，侧面暗示着她可能需要为大女儿的自杀负责，尽管她通过思考和讨论其他事件一直否认这一点。悦子通过"自欺欺人和自我保护的语言"试图在面对可怕的悲剧时保持尊严和理智。通过这种方式，给读者呈现的是一个既想讲述又不愿被完全讲述的故事。

石黑一雄通过故意省略事实挑战了传统的叙事结构。悦子第一人称视角的讲述投射出不完整感，与按时间顺序呈现故事的无所不知叙述者截然不同。

在悦子的叙述中，她将自己描绘为一个胆小的传统日本女性，与她非传统的行为形成鲜明对比，包括离开她的第一任丈夫（一个日本人）和将女儿带到英国并嫁给一个英国男人。然而，不能忽视的是，她在英国的生活以及与惠子的关系似乎更清楚地呼应了佐知子和她女儿万里子之间所谓的关系。她的新婚姻类似于佐知子与一个名叫弗兰克的美国士兵的关系。但是，正如之前所指出的，石黑一雄对从事实意义上了解事情的真相并不感兴趣，他专注于描述迁移所带来的情感和个人变化。这种迁移在悦子的一生中一直困扰着她，她因为对不同生活的情感渴望而牺牲了她的第一个女儿的幸福。在她和妮基一起回顾过去时，她清楚地表达了内疚。她的内疚感清楚地显示了她与佐知子的相似之处，虽然她并不想承认。无论悦子和佐知子是否是同一个人，她们的故事和生活都是以移民和对不同生活的不断向往为标志的。尽管佐知子的身份和命运仍然是个谜，但悦子确实搬到了英国。她在英国的生活比在日本更舒适，但这并未消除她对离开日本的疑虑。

综上所述，石黑一雄通过悦子的叙述方式创造了一个复杂而模糊的故事。通过描绘悦子的不可靠记忆和对真相的模糊处理，他呈现了一个关于身体、移民和内疚的故事。这种叙事方式引发了读者对事件的不确定性和矛盾感，让人们思考记忆和身份的复杂关系。同时，这也与幸存者在治疗过程中经历的犹豫和不完整感相呼应。小说的结尾似乎提供了一个证据，说明悦子和佐知子的身份应该是融合在一起的。当悦子给她的女儿妮基看一张长崎港的旧照片时，照片的背景是稻佐山。悦子曾描述和佐知子母女一起去稻佐山一日游，但现在，当她给妮基看照片时，她暗示和她在一起的是景子，而不是万里子。

这与读者早些时候的发现明显矛盾，因为悦子应该是在夏天怀孕的，那时景子还没有出生。但是，与其说这是悦子的生活故事，不如说这是拼图的最后一块，是众多故事之一，它不能说服读者相信任何事情，只能让读者更加好奇。

因此，目前还不清楚悦子是重新安排了自己的记忆来保持尊严，还是这些记忆像大多数记忆一样被无意识地虚构了。有两种可能性：第一，她希望她和女儿至少有一段快乐的回忆，这就是为什么她把万里子当作她的女儿来讲述事件；第二，万里子确实是景子，故事中佐知子母女因是否离开日本造成的冲突实际上是悦子和景子之间的冲突。不过，用石黑一雄自己的话说，作者的意图不是揭示"真相"，而是质疑它。实际上，作者对真正发生的事情并不感兴趣。

在《远山淡影》中，石黑一雄通过不可靠叙述表达了记忆的不稳定本质和个人身体的影响。与身体的典型叙述和记忆方式一致，这部小说拒绝了直截了当的线性情节，使用了需要与某种结构化叙述联系起来的片段式叙述方式。石黑一雄故意让某些问题悬而未决，以供读者们揣摩猜测。例如，书中含混地描述了悦子与佐知子的身体故事，使得二者的身份显得十分模糊。小说中，出于自我保护，主角/叙述者在转述事件时，或片面描述事实，或隐瞒关键信息，或有意曲解话语意图，由此，悦子和佐知子到底是否为同一人的疑问贯穿全书。

石黑一雄通过精心构建的叙事策略和对记忆、身体及移民经历的探索，创造出一个复杂而令人着迷的故事。《远山淡影》这部小说引发了读者对真相和叙述的思考，同时展示了记忆的模糊性和身体经验的重要性。通过对悦子的叙述的不可靠性和矛盾性的巧妙运用，石黑一雄成功地传达了故事中主题的深度和复杂性，为读者提供了一个引人入胜的阅读体验。

同时，石黑一雄的叙事技巧还体现了他对移民和创伤主题的敏感和深入理解。他通过悦子的角色和经历，揭示了移民者所面临的身份认同危机、文化冲突和内心的痛苦。这种移民体验与创伤之间的紧密联系在小说中得到了准确而真实的描绘。通过对悦子的记忆和叙述的探索，读者不仅能够深入理解她作为一个个体的内心挣扎，还能够反思移民的普遍性经历。这种身体化的叙事方式使得读者能够与角色产生共鸣，深入思考自己的身份认同和个人历程。他的作品通过其独特而复杂的叙事结构，引发了读者对记忆、身体和移民经验的深入思考。他巧妙地使用不可靠的叙述和模糊的记忆，创造了一个充满悬念和疑问的故事世界，使读者不断探索和质疑故事中的真相。这部小说展现了移民者的身体化经历和创伤，同时呈现了人类记忆的复杂性和主观性。通过深入思考移民、记忆和身体的主题，读者可以获得对自身和他人的理解，以及对移民体验的更深层次的洞察。

第五章　结语

　　石黑一雄的作品主要关注人类苦难、失落以及普通人的情感和记忆。他的移民经历、无家可归的感受以及丰富的社会工作经验深化了他对这些主题的理解和感悟。第二次世界大战在他的作品中起到决定性的作用，将他的四部小说凝聚成一个有机的整体。他的作品中普通人的叙述取代了英雄人物，他们关于战争的描述补充了官方编年史中的政治谈判、军事行动和伤亡情况。石黑一雄的作品着重强调读者的参与和联系，他非常关注读者在阅读过程中的情感、认知、心理、智力和道德等方面的作用。在研究中，费兰的叙事身体理论被提到，该理论强调了文本、作者和读者之间的互动和联系，是一种优秀的文学作品分析工具。

　　本书从身体感知和表达与身份认同、记忆中的言语与身体表征以及空间中的身体视角，探讨了石黑一雄作品中人物的身体感受和情感表达，包括对苦难和失落的身体感知、身体姿态的描述、动作和肢体语言的运用等；研究了作品中身体与记忆之间的相互作用，如身体感觉对于回忆的触发和影响、身体经历对于个体记忆的塑造等；关注地位在角色扮演中的作用，以及社会地位与地缘政治实体之间的关系，考察身体在权力斗争和身份危机中的角色。综合以上角度，本书通过对石黑一雄作品中身体的描写、情感表达和身体与其他要素的关系进行深入分析，进一步探讨了石黑一雄作品中身体主题的意义和作用，以及其对读者的情感和思考的影响。

　　本书研究了石黑一雄在其作品中如何通过语言、技巧、结构和命名惯例，以及身体手法来控制叙述者的性格显露和隐藏，并引导读者的阅读体验。石黑一雄通过展现人物叙述者的情感、道德和智力参与，邀请读者与他们一同探索虚构故事世界和人物的情绪。他展示了人们内心的冲突，人们如何面对痛苦的回忆和不堪的过去，以及人们如何通过记忆和叙事来寻找失落、获得慰藉，并维护尊严。这体现了他对人性、人的生命、生者的道德和现实的关怀及同理心。本书还试图探索人物叙述中双重交流的复杂性。这加深了我们对石黑一雄小说情感、认知、心理和伦理复杂性的理解。虽然石黑一雄的小说背景设定在二战期间，但他关注的是小说中的人物以及他们对自我发现的探索，探究作为人意味着什么以及如何有尊严地生活。

本书不仅运用身体叙事原则解读了石黑一雄的作品，还结合了文本内部与文本外部的关系，关注作者的创作状态。通过对他在访谈中表达的思想的关注，将内在批评与外在批评有机地结合起来，以期对作品进行更深入的解读。

对于石黑一雄的作品，身体叙事理论提供了一种有力的分析工具，特别强调对不同叙事形式和技巧的分析。其中包括不可靠叙述形式与可靠叙述形式的伦理立场的区别。身体方法突出了作者与观众之间的交互关系，强调了隐含作者在叙事过程中的伦理定位。石黑一雄的作品中运用了身体叙事的技巧，特别是在日记叙述和第一人称叙述中。日记叙事展示了对特定事件的关注和事件之间的联系，读者需要推测日记作者写作的动机、选择的特定时间段和条目结构，以及条目中所描述事件与日期的相关性。日记叙事揭示了个人生活中当前事件和早期重大事件之间的关联，以及与战争和集体灾难相关的个人损失。石黑一雄小说中的叙述者常常自我陶醉，但读者会发现他们对安慰的追求是普遍存在的。这些叙述者试图打破幻想，从艰难的过去中寻求安慰。这种对角色意识的探索展示了石黑一雄作品中叙述者的特点。

石黑一雄将读者带入角色的世界，体会他们的叙事手段和策略，并引发读者反思自己的记忆、回忆和遗忘，以及在叙事中涉及的省略、扭曲和辩解。这些小说并不是真实再现各自的历史环境，而是揭示了个人如何承受战争的考验，如何面对过去的创伤。石黑一雄的作品以探索叙述者的困扰和创伤意识为特点。在面对过去的创伤时，每个叙述者在报告、阅读和评估过程中都显得或多或少有些不可靠。这些叙述充满了否认、错置、预测、离题和过度解释。根据阿斯特丽德·厄尔（Astrid Earl）的观点，记忆是高度选择性的，记忆的呈现更多地揭示了记忆者的欲望和否认，而不是实际的过去事件。尽管石黑一雄的作品在第二次世界大战的背景下探索了记忆和意识的技巧，但他暗示这些技巧并不是精神异常的结果，而是人类意识的普遍方面。

因战争影响而存在的动机性谎言在石黑一雄的作品中得到了展示，但完全是人类意识的常态。这些分析揭示了石黑一雄作品中身体叙事策略的独特部署，与他对叙述者心理的描绘相吻合。石黑一雄的作品通过人物叙述者的视角，揭示了记忆、意识，尤其是创伤意识的复杂性。战争背景为故事中双重交流的紧迫性和障碍性提供了动力，促使读者在情感、认知、心理和伦理层面上与作品互动。石黑一雄的小说通过身体叙事方式探索普通人的叙事可能性，引导读者诚实审视过去，思考自己认为有价值的东西，并质疑自己的生活方式。

总的来说，石黑一雄的作品以其独特的身体叙事方式吸引读者。他的小说能够引导读者反思过去、思考价值观，并思考如何过更好的生活。身体叙事学方法有助于我们更好地理解和阅读石黑一雄及其他作家的作品。同时，笔者在研究过程中也意识到，任何解释都可能存在偏颇，因此对于文学作品的理解应多角度并存，这正是文学的魅力所在。

参考文献

一、中文文献

（一）论著

[1] 阿道斯·赫胥黎. 美丽新世界[M]. 李黎, 译. 广州: 花城出版社, 1987.

[2] 阿兰·谢里登. 求真意志——密歇尔·福柯的心路历程[M]. 尚志英, 许林, 译. 上海: 上海人民出版社, 1997.

[3] 爱德华·W. 萨义德. 东方学[M]. 王宇根, 译. 北京: 三联书店, 1999.

[4] 爱德华·W. 赛义德. 赛义德自选集[M]. 谢少波, 韩刚, 等译. 北京: 中国社会科学出版社, 1999.

[5] 埃里克·霍布斯鲍姆. 民族与民族主义[M]. 李金梅, 译. 上海: 上海人民出版社, 2000.

[6] 安东尼·吉登斯. 民族 国家与暴力[M]. 胡宗泽, 赵力涛, 译. 北京: 三联书店, 1998年.

[7] 巴特·穆尔-吉尔伯特, 等. 后殖民批评[M]. 杨乃乔, 等译. 北京: 北京大学出版社, 2001.

[8] 保尔·克洛岱尔. 认识东方[M]. 徐知免, 译. 天津: 百花文艺出版社, 1997.

[9] 本尼迪克特·安德森. 菊与刀[M]. 廖源, 译. 北京: 中国社会出版社, 2005.

[10] 本尼迪克特·安德森. 想象的共同体——民族主义的起源与散布[M]. 吴叡人, 译. 上海: 上海人民出版社, 2005.

[11] 波林·罗斯诺. 后现代主义与社会科学[M]. 张国清, 译. 上海: 上海译文出版社, 1998.

[12] 布迪厄. 自由交流[M]. 桂裕芳, 译. 北京: 三联书店, 1997.

[13] 布迪厄. 关于电视[M]. 许均, 译. 辽宁: 辽宁教育出版社, 2000.

[14] 布迪厄. 男性统治[M]. 刘晖, 译. 深圳: 海天出版社, 2002.

[15] 布迪厄, 华康德. 实践与反思[M]. 李猛, 李康, 译. 北京: 中央编译局出版社, 2004.

[16] 布迪厄. 言语意味着什么——语言交换的经济[M]. 褚思真, 刘晖, 译. 北京: 商务印书馆, 2005.

[17] 布劳特. 殖民者的世界模式: 地理传播主义和欧洲中心主义观[M]. 谭荣根, 译. 北京: 社会科学文献出版社, 2002.

[18] 布罗代尔. 资本主义的动力[M]. 杨起, 译. 北京: 三联书店, 1997.

[19] 丹尼尔·贝尔. 资本主义文化矛盾[M]. 赵一凡, 等译. 北京: 三联书店, 1989.

[20] F.R.利维斯. 伟大的传统[M]. 袁伟, 译. 北京: 三联书店, 2002.

[21] 弗雷德里克·詹姆逊. 后现代主义与文化理论[M]. 唐小兵, 译. 北京: 北京大学出版社, 1998.

[22] 郭少棠. 旅行: 跨文化想像[M]. 北京: 北京大学出版社, 2005.

[23] 海登·怀特. 后现代历史叙事学[M]. 陈永国, 张万娟, 译. 北京: 中国社会科学出版社, 2003.

[24] 侯维瑞. 现代英国小说史[M]. 上海: 上海外语教育出版社, 1994.

[25] 加藤周一. 日本文化论[M]. 叶渭渠, 等译. 北京: 光明日报出版社, 2000.

[26] 姜飞. 跨文化传播的后殖民语境[M]. 北京: 中国人民大学出版社, 2005.

[27] 姜守明. 从民族国家走向帝国之路: 近代早期英国海外殖民扩张研究[M]. 南京: 南京师范大学出版社, 2000.

[28] 瞿世镜. 当代英国小说[M]. 北京: 外语教学与研究出版社, 1998.

[29] 卡尔·曼海姆. 意识形态与乌托邦[M]. 李书崇, 黎鸣, 译. 北京: 商务印书

馆,2005.

[30] 拉雷恩. 意识形态与文化身份:现代性和第三世界的在场[M]. 戴从容,译. 上海:上海教育出版社,2005.

[31] 乐黛云. 欲望与幻象:东方与西方[M]. 南昌:江西人民出版社,1991.

[32] 李维屏. 英国小说艺术史[M]. 上海:上海外语教育出版社,2003.

[33] 琳达·哈琴. 后现代主义诗学:历史·理论·小说[M]. 李杨,李峰,译. 南京:南京大学出版社,2009.

[34] 刘小枫. 人类困境中的审美精神[M]. 上海:上海人民出版社,1998.

[35] 陆建德. 现代主义之后:写实与实验[M]. 北京:中国社会科学出版社,1997.

[36] 罗伯特·扬. 后殖民主义与世界格局[M]. 容新芳,译. 南京:译林出版社,2008.

[37] 罗钢,刘象愚. 后殖民主义文化理论[M]. 北京:中国社会科学出版社,1999.

[38] 罗兰·罗伯森. 全球化:社会理论和全球文化[M]. 梁光严,译. 上海:上海人民出版社,2000.

[39] 马勒茨克. 跨文化交流 不同文化的人与人的交往[M]. 潘亚玲,译. 北京:北京大学出版社,2001.

[40] 马歇尔·伯曼. 一切坚固的东西都烟消云散了——现代性体验[M]. 徐大建,张辑,译. 北京:商务印书馆,2002.

[41] 迈克·克朗. 文化地理学[M]. 杨淑华,宋慧敏,译. 南京:南京大学出版社,2003.

[42] 米歇尔·福柯. 疯癫与文明[M]. 刘北成,杨远婴,译. 北京:北京三联书店,1999.

[43] 米歇尔·福柯. 临床医学的诞生[M]. 刘北成,译. 南京:译林出版社,2001.

[44] 米歇尔·福柯. 词与物[M]. 莫伟民,译. 上海:上海三联书店,2001.

[45] 米歇尔·福柯. 知识考古学[M]. 谢强, 马月, 译. 北京: 北京三联书店, 1998.

[46] 米歇尔·福柯. 规训与惩罚[M]. 刘北成, 杨远婴, 译. 北京: 北京三联书店, 1999.

[47] 米歇尔·福柯. 性经验史[M]. 余碧平, 译. 上海: 上海人民出版社, 2000.

[48] 米歇尔·福柯. 必须保卫社会[M]. 钱翰, 译. 上海: 上海人民出版社, 1999.

[49] 米歇尔·福柯、杜小真. 福柯集[M]. 上海: 上海远东出版社, 2003.

[50] 米歇尔·福柯. 权力的眼睛——福柯访谈录[M]. 严锋, 译. 上海: 上海人民出版社, 1997.

[51] 莫里斯·哈布瓦赫. 论集体记忆[M]. 毕然, 郭金华, 译. 上海: 上海人民出版社, 2002.

[52] 帕斯卡尔·扎卡里. 我是全球人: 一无国界生存者宣言[M]. 林振照子, 译. 北京: 新华出版社, 2003.

[53] 彭刚. 叙事的转向[M]. 北京: 北京大学出版社, 2009.

[54] 皮埃尔·洛蒂. 冰岛夫人·菊子夫人[M]. 艾珉, 译. 上海: 上海译文出版社, 1996.

[55] 乔纳森·弗里德曼. 文化认同与全球性过程[M]. 郭建如, 译. 北京: 商务印书馆, 2003.

[56] 任一鸣, 瞿世镜. 英语后殖民文学研究[M]. 上海: 上海译文出版社, 2003.

[57] 阮炜. 社会语境中的文本: 二战后的英国小说研究[M]. 北京: 社会科学文献出版社, 1998.

[58] 桑德拉·哈丁. 科学的文化多元性: 后殖民主义、女性主义和认识论[M]. 夏侯炳, 谭兆民, 译. 南昌: 江西教育出版社, 2002.

[59] 沈铭贤. 生命伦理学[M]. 北京: 高等教育出版社, 2003.

[60] 盛宁. 人文困惑与反思——西方后现代主义思潮批判[M]. 北京: 三联书店, 1988.

[61] 史蒂文·卢克斯. 权力: 一种激进的观点[M]. 彭斌, 译. 南京: 凤凰出版传

媒集团,2008.

[62] 汤姆林森. 全球化与文化[M]. 郭英剑,译. 南京:南京大学出版社,2002.

[63] 特瑞·伊格尔顿. 文化的观念[M]. 方杰,译. 南京:南京大学出版社,2003.

[64] 王守仁,吴新云. 性别、种族、文化[M]. 北京:北京大学出版社,1999.

[65] 王岳川. 后殖民主义与新历史主义文论[M]. 济南:山东教育出版社,1999.

[66] 王志弘. 流动、空间与社会:1991—1997论文选[M]. 台北:田园城市出版社,1998.

[67] 吴猛,和新风. 文化权力的终结:与福柯对话[M]. 四川:四川人民出版社,2003.

[68] 吴诺. 自由与传统——二十世纪英国文化[M]. 北京:东方出版社,1999.

[69] 新渡户稻造. 武士道[M]. 张俊彦,译. 北京:商务印书馆,1993.

[70] 徐贲. 走向后现代与后殖民[M]. 北京:中国社会科学出版社,1996.

[71] 叶渭渠,唐月梅. 日本文学简史[M]. 上海:上海外语教育出版社,2006.

[72] 樱井哲夫. 福柯:知识与权力[M]. 姜忠莲,译. 石家庄:河北教育出版社,2001.

[73] 张和龙. 战后英国小说[M]. 上海:上海外语教育出版社,2004.

[74] 张京媛. 新历史主义与文学批评[M]. 北京:北京大学出版社,1993.

[75] 张旭东. 全球化时代的文化认同[M]. 北京:北京大学出版社,2005.

[76] 朱迪斯·巴特勒. 权力的精神生活:服从的理论[M]. 张生,译. 南京:凤凰出版传媒集团,2009.

(二)期刊、论文

[1] 鲍秀文,张鑫. 论石黑一雄"长日留痕"中的象征[J]. 外国文学研究,2009,31(3):75-81.

[2] 陈炳辉. 福柯的权力观[J]. 厦门大学学报,2002(4):84-90.

[3] 陈婷婷. 如何直面"被掩埋的巨人"——石黑一雄访谈录[J]. 外国文学动态

研究, 2017(1): 105-112.

[4] 邓颖玲. 论石黑一雄"长日留痕"的回忆叙述策略[J]. 外国文学研究, 2016, 38(4): 67-80.

[5] 樊浩. 基因技术的道德哲学革命[J]. 中国社会科学, 2006(1): 123-134.

[6] 范小青. 石黑一雄的"世界文学"写作[D]. 苏州大学, 2020.

[7] 高文惠. 边缘处境中的自由言说[J]. 外国文学研究, 2007(2): 150-157.

[8] 郭国良, 李春. "宿命"下的自由生存——《永远别让我离去》中的生存取向[J]. 外国文学, 2007(3): 4-10+126.

[9] 李春. 宿命下的自由生存——《永远别让我离去》中的生存取向[J]. 外国文学, 2007(3) 4-10+126.

[10] 瞿世镜. 当代英国青年小说家作品特色[J]. 上海社会科学院学术季刊, 1995(1): 173-183.

[11] 孔新苗. 后现代语境:"他者"与世界性[J]. 山东师范大学学报(人文社会科: 20-24.

[12] 赖艳. 探寻"自我"——石黑一雄小说主题研究[D]. 华中师范大学, 2016.

[13] 李凤亮. 遗忘·回忆·认同——从"昆德拉现象"看移民作家文化身份的变迁[J]. 天津社会科学, 2003(2): 107-112.

[14] 刘擎. 创伤记忆与雪耻型民族主义[J]. 书城, 2004(12): 46-48.

[15] 刘琼. 石黑一雄与大江健三郎对话:当今世界的小说家[J]. 世界文学, 2007(4): 274-291.

[16] 刘向东. 敬业的男管家——评日裔英国作家石黑一雄的小说《黄昏时分》[J]. 四川外语学院学报, 2004(2): 44-47.

[17] 刘元侠. 从陌生误解走向互相认同[J]. 山东外语教学, 2006(4): 104-107.

[18] 聂珍钊. 文学伦理学批评与道德批评[J]. 外国文学研究, 2006(2): 8-17.

[19] 齐园. 历史寓言与文化象征——移民三雄后殖民创作中的"历史主题"[J]. 东方丛刊, 2006(2): 217-225.

[20] 任一鸣. "流放"与"寻根—英语后殖民文学创作语言[J]. 中国比较文学, 2003(3): 159-167.

[21] 石海峻. 地域文化与想像的家园[J]. 外国文学评论, 2001(3): 24-33.

[22] 唐岫敏. 历史的余音——石黑一雄小说的民族关注[J]. 外国文学, 2000(3): 29-34.

[23] 汪筱玲. 石黑一雄小说修辞性叙事学研究[D]. 上海交通大学, 2016.

[24] 王岚. 正视历史正视自我——简评石黑一雄新作《当我们是孤儿时》[J]. 四川外语学院学报, 2002(11): 63-65.

[25] 公正地再现"他者"——简评石黑一雄的《当我们是孤儿时》[J]. 外国文学, 2002(1): 83-87.

[26] 王晓路. 种族/族性[J]. 外国文学, 2002(6): 62-66.

[27] 王烨. 石黑一雄长篇小说权力模式论[D]. 武汉大学, 2012.

[28] 王友贵. 全球化与英国当代少数族裔作家——以石黑一雄的长篇小说《上海孤儿》为例[J]. 广东外语外贸大学学报, 2006(4): 12-14+27.

[29] 杨金才. 当代英国小说研究的若干命题[J]. 当代外国文学, 2008(3): 64-73.

[30] 姚申. 换语之人: 后殖民时代的跨国创作运动. 中国比较文学, 1997(2): 145-148.

[31] 周颖. 创伤视角下的石黑一雄小说研究[D]. 上海外国语大学, 2014.

二、外文文献

[1] Adams, T. For me, England is a mythical place[J]. The Observer, 2005.

[2] Adler, G. Dynamics of The Self[M]. London: Conventure, 1979.

[3] Adorno, T. The Culture Industry[M]. London: Routledge, 2001.

[4] Atwood, M. Brave New World: Kazuo Ishiguro's novel really is chilling[J].

Slate, 2005.

[5] Badcock, C. Essential Freud [M]. Oxford: Blackwell, 1988.

[6] Bateson, G. Toward a Theory of Schizophrenia [J]. Behavioural Science, 1956(1): 251-264.

[7] Bauman, Z. Globalisation: The Human Consequences [M]. Oxford: Policy Press, 1998.

[8] Bauman, Z. Postmodern Ethics [M]. London: Routledge, 1994.

[9] Bhabha, Homi K. The Location of Culture [M]. London: Routledge, 1994.

[10] Browning, J. "Hello, Dolly. When We Were Organs: Novelist Kazuo Ishiguro pens a 1984" for the bioengineering age [J]. Village Voice, 2005.

[11] Carpi, D. The Crisis of the Social Subject in the Contemporary English Novel [J]. European Journal of English Studies, 1997, 1(2): 165-183.

[12] Chaudhuri, Amit. Unlike Kafka [J]. London Review of Books, 1995, 8 June: 30-31.

[13] Childs, P. Contemporary Novelists: British Fiction Since 1970 [M]. Hampshire: Palgrave Macmillan, 2005.

[14] Cohen, S. States of Denial: Knowing About Atrocities and Suffering [M]. Oxford: Blackwell, 2001.

[15] Derrida, J. Writing and Difference [M]. Trans. Alan Bass. London: Routledge, 1978.

[16] Flor, Carlos V. Unreliable Selves in an Unreliable World: The Multiple Projections of the Hero in Kazuo Ishiguro's The Unconsoled [J]. Journal of English Studies, 2000(2): 159-169.

[17] Fluet, L. The Self-loathing Class: Williams, Ishiguro and Barbara Ehrenreich on Service [J]. Keywords, 2003(4): 100-130.

[18] Foucault, M. Language, Counter-Memory, Practice: Selected Essays and

Interviews [M]. Ed. D. F. Bouchard. New York: Cornell University Press, 1980.

[19] Foucault, M. The Archaeology of Knowledge [M]. London: Routledge, 2002.

[20] Foucault, M. Discipline and Punish: The Birth of the Prison [M]. Trans. A. Sheridan. London: Penguin, 1991.

[21] Foucault, M. Society Must Be Defended [M]. London: Penguin, 2004.

[22] Freud, S. The Unconscious [M]. Ed. A. Phillips. Trans. G. Frankland. London: Penguin, 2005.

[23] Freud, S. The Psychopathology of Everyday Life [M]. Ed. A. Phillips. Trans. A. Bell. London: Penguin, 2002.

[24] Freud, S. Civilisation and Its Discontents [M]. Ed. J. Strachey. Trans. J. Riviere. London: Hogarth Press, 1972.

[25] Freud, S. The Ego and the Id [M]. Ed. J. Strachey. Trans. J. Riviere. London: Norton, 1989.

[26] Fromm, E. The Fear of Freedom [M]. London: Routledge, 2001.

[27] Gramsci, A. Selections from the Prison Notebooks [M]. Eds. and Trans. Q. Hoare and G. Nowell Smith. London: Lawrence and Wishart, 1998.

[28] Gray, J. False Dawn: The Delusions of Global Capitalism [M]. London: Granta, 2002.

[29] Griffiths, M. Great English Houses/New Homes in England: Memory and Identity in Kazuo Ishiguro's *The Remains of the Day* and V. S. Naipaul's *The Enigma of Arrival* [J]. Span: The Journal of the South Pacific Association for Commonwealth Literature and Language Studies, 1993, 36(2): 488-503.

[30] Guth, D. Submerged Narratives in Ishiguro's *The Remains of The Day* [C]. Forum for Modern Language Studies, 1999, 35(2), 126-137.

［31］Hardt, M. and A. Negri. Empire［M］. London: Harvard University Press, 2001.

［32］Harvey, D. The Condition of Postmodernity［M］. Oxford: Blackwell, 1990.

［33］Hobsbawm, E. Age of Extremes: The Short Twentieth Century 1914—1991［M］. London: Abacus, 1995.

［34］Jameson, F. The Political Unconscious: Narrative as a Socially Symbolic Act［M］. London: Routledge, 2002.

［35］Jameson, F. "Cognitive Mapping." In Marxism and the Interpretation of Culture［M］. C. Nelson and L. Grossberg, Urbana: University of Illinois Press, 1988: 347-358.

［36］Jung, C. G. The Undiscovered Self［M］. London: Routledge, 2002.

［37］Kakutani, M. Books of the Times: Sealed In A World That's Not As It Seems［Z］. The New York Times, 2005.

［38］Kemp, P. Never Let Me Go by Kazuo Ishiguro［Z］. The Times, 2005.

［39］Ōe, K. The Novelist in Today's World: A Conversation［J］. Boundary, 1991, 18(3): 109-122.

［40］Krider, D. O. Rooted in a Small Space: An Interview With Kazuo Ishiguro［J］. Kenyon Review, 1998, 20(2): 146-154.

［41］Laing, R. D. The Politics of Experience and Bird of Paradise［M］. London: Penguin, 1990.

［42］Lehmann, J. The Roots of Modern Japan［M］. London: Macmillan Press, 1982.

［43］Lewis, B. Kazuo Ishiguro［M］. Manchester: Manchester University Press, 2000.

［44］Lukács, G. History and Class Consciousness: Studies in Marxist Dialectics［M］. Translated by R. Livingstone. London: Merlin Press, 1971.

[45] Ma, S. Kazuo Ishiguro's Persistent Dream for Postethnicity: Performance in Whiteface [J]. Post Identity, 1999, 2(1): 71-88.

[46] Marcuse, H. One-Dimensional Man [M]. London: Routledge, 2002.

[47] Mason, G. An Interview with Kazuo Ishiguro [J]. Contemporary Literature, 1989, 286(30): 339-351.

[48] Mason, G. Inspiring Images: The Influence of the Japanese Cinema on the Writings of Kazuo Ishiguro [J]. East-West Film Journal, 1989, 3(2): 39-52.

[49] Mazower, M. Dark Continent: Europe's Twentieth Century [M]. London: Penguin, 1999.

[50] Miller, A. The Drama of Being a Child [M]. London: Virago Press, 1987.

[51] O'Brien, S. Serving a New World Order: Postcolonial Politics in Kazuo Ishiguro's *The Remains of the Day* [J]. Modern Fiction Studies, 1996, 42(4): 787-806.

[52] Patey, C. When Ishiguro Visits the West Country: An essay on *The Remains of the Day* [J]. Acme, 1991, 44(2): 135-155.

[53] Petry, M. Narratives of Memory and Identity: The Novels of Kazuo Ishiguro [M]. Frankfurt am Main: Lang, 1999.

[54] Punter, D. Postcolonial Imaginings: Fictions of a New World Order [M]. New York: Rowman and Littlefield, 2000.

[55] Rainbow, P. ed. The Foucault Reader [M]. London: Routledge, 1987.

[56] Raphael, L. S. Narrative Skepticism: Moral Agency and Representations of Consciousness in Fiction [M]. London: Associated University Presses, 2001.

[57] Robbins, B. Very Busy Right Now: Globalisation and Harriedness in Ishiguro's *The Unconsoled* [J]. Comparative Literature, 2001, 53(4): 426-441.

[58] Rothfork, J. Zen Comedy in Postcolonial Literature: Kazuo Ishiguro's The Remains of the Day [J]. Mosaic: A Journal for the Interdisciplinary Study of Literature, 1996, 29(1): 79-102.

[59] Said, E. W. Humanism and Democratic Criticism [M]. Hampshire: Palgrave Macmillan, 2004.

[60] Sarvan, C. Floating Signifiers and An Artist of The Floating World [J]. The Journal of Commonwealth Literature, 1997, 32(1): 93-101.

[61] Sattel, J. W. The Inexpressive Male: Tragedy or Sexual Politics? [J]. Social Problems, 1976(23): 469-477.

[62] Scurr, R. The Facts of Life: Kazuo Ishiguro's *Fable of a Strange Growing Up* and the Gaining of Universal Knowledge [J]. Times Literary Supplement, 2005, 25(2): 21-22.

[63] Shaffer, B. W. Understanding Kazuo Ishiguro [M]. Columbia: University of South Carolina Press, 1998.

[64] Shaffer, B. W. & C. F. Wong, Eds. Conversations with Kazuo Ishiguro [M]. Jackson: University Press of Mississippi, 2008.

[65] Simon, R. Gramsci's Political Thought: An Introduction [M]. London: Lawrence and Wishart, 1991. (Originally published 1982.)

[66] Sinclair, C. The Land of the Rising Son [J]. Sunday Times Magazine, 1987, 11(1): 36-37.

[67] Suter, R. We're Like Butlers: Interculturality, Memory and Responsibility in Ishiguro's *The Remains of The Day* [J]. Qwerty, 1999(09): 241-250.

[68] Teverson, A. Acts of Reading in Kazuo Ishiguro's The Remains of The Day [J]. Qwerty, 1999 (09): 251-258.

[69] Vorda, A. Ed. Face to Face: Interviews with Contemporary Novelists [M]. Texas: Rice University Press, 1993.

[70] Wall, K. *The Remains of the Day* and Its Challenges to Theories of Unreliable Narration [J]. Journal of Narrative Technique, 1994, 24(1): 18-42.

[71] Waltzer, M. The Politics of Michel Foucault in Foucault: *A Critical Reader*, ed. David Couzens Hoy [J]. Oxford: Blackwell, 1986: 51-68.

[72] White, H. The Content of the Form: Narrative Discourse and Historical Representation [M]. London: John Hopkins University Press, 1990.

[73] Wilson, S. Ed. Nation and Nationalism in Japan [M]. London: Routledge Curzon, 2002.

[74] Winsworth, B. Communicating and Not Communicating: The True and False Self in *The Remains of The Day* [J]. Qwerty, 1999(09): 259-266.

[75] Winnicot, D. W. The Maturational Processes and the Facilitating Environment: Studies in the Theory of Emotional Development [M]. London: Hogarth Press, 1965.

[76] Wong, C. F. The Shame of Memory: Blanchot's Self-Dispossession in Kazuo Ishiguro's *A Pale View of Hills* [J]. Clio: Literature, History and Philosophy of History, 1995, 24(2): 127-145.

[77] Wong, C. F. Kazuo Ishiguro [M]. Devon: Northcote House Publishers, 2005.

[78] Wroe, N. Kazuo Ishiguro [J]. Guardian Review, 2005(01): 20-24.